De Cock en de dood van een kunstenaar

A.C. Baantjer

De Cock

en de dood van een kunstenaar

De Fontein

ISBN 90 261 2208 x
NUR 332

Ontwerp omslag: Hans Gordijn
Foto omslag: © Hans Gordijn
Grafische verzorging: V3-Services, Baarn

1

Rechercheur De Cock van het aloude politiebureau aan de Amsterdamse Warmoesstraat leunde met zijn ellebogen op het blad van zijn bureau en liet zijn hoofd rusten in het kommetje van zijn handen. Hij wist in de lade van zijn bureau nog een aantal zaken die om behandeling schreeuwden, maar de lust om zich daar op dit moment in te verdiepen ontbrak hem.
Met een zoete grijns op zijn gezicht keek hij naar rechercheur Vledder, zijn jonge assistent, die zijn rappe vingers in een razend tempo over het toetsenbord van zijn computer liet dansen. Met weemoed dacht De Cock terug aan de processen-verbaal die hijzelf met twee vingers op de typemachine tikte. De tijden waren veranderd.
Hij keek omhoog naar de klok boven de toegangsdeur van de grote recherchekamer. Het was negen uur. Licht kreunend kwam hij uit zijn stoel overeind.
'Als ik om elf uur,' verzuchtte hij, 'nog niet terug ben en er is verder niets gebeurd, dan sluit je hier de tent en ga je naar huis.'
Vledder keek hem verwonderd aan.
'Waar ga jij heen?'
De Cock gebaarde voor zich uit.
'Ik heb nog een missie.'
Vledder trok een vies gezicht.
'Een missie?'
'Peter Karstens heeft mij vanmiddag gebeld. Hij leek nogal in de war. De man heeft problemen en wil met mij een onderhoud onder vier ogen.'
Vledder grinnikte.
'Peter Karstens,' sprak hij neerbuigend. 'Een tijd niets van hem gehoord.' Hij keek naar De Cock op. 'Dat is toch die vreemde losbandige kunstenmaker van de Noordermarkt?'
'Ja.'

‘En jouw vriend...’
De Cock knikte traag.
‘Inderdaad, zo beschouw ik hem, als mijn vriend.’
De oude rechercheur schudde zijn hoofd.
‘Peter Karstens* is geen kunstenmaker, zoals jij hem raargeestig kwalificeert, maar een begenadigd kunstenaar.’
Vledder snoof.
‘Een gore vervalser.’
De Cock ademde diep.
‘Geen vervalser,’ verbeterde hij geduldig, ‘maar een imitator. Wanneer hem dat vriendelijk wordt gevraagd en de geldelijke beloning is voldoende om er een leuke partij goede bourgognes van aan te schaffen, imiteert hij het werk en de stijl van andere kunstenaars... uit welk tijdperk dan ook. En dat doet hij op een voortreffelijke en zeer kunstzinnige wijze. Ik heb thuis boven het dressoir een schilderij van hem naar de beroemde impressionist Claude Monet hangen, dat ik niet voor het origineel zou willen ruilen.’
Vledder lachte smalend.
‘Dat doek is niets waard.’
‘Voor anderen misschien niet,’ sprak De Cock achteloos. ‘Voor mij wel.’
De oude rechercheur liet zich weer in zijn stoel zakken.
‘Ik zal je uitleggen,’ ging hij op rustige toon verder, ‘waarom ik straks even alleen op pad ga. Dat is ten opzichte van jou geen blijk van wantrouwen. Zo moet je dat beslist niet zien. Maar Peter Karstens heeft een gruwelijke hekel aan onze min of meer geordende maatschappij. Hij staat vijandig tegenover alles wat naar overheid zweemt en heeft vooral een aversie tegen het gezag.’
‘Maar jij vertegenwoordigt toch dat gezag?’ grinnikte Vledder.
De Cock knikte.
‘Ik heb al eens eerder geprobeerd om jou enig begrip voor hem bij te brengen. Peter Karstens beseft heel goed dat ik het gezag vertegenwoordig. Daarover bestaat tussen ons dan ook geen verschil van mening. Ik ben mij er verder terdege van bewust

* Zie *De Cock en danse macabre.*

dat hij mijn functie als gezagsdrager – rechercheur van politie – veracht. Toch vertrouw ik op zijn persoonlijke vriendschap... op de genegenheid en de waardering die de kunstenaar ondanks dat voor mij koestert. Vandaar mijn eenzame missie. Met jou in mijn onmiddellijke nabijheid klapt hij beslist dicht en zal hij mij, naar ik meen, niets wezenlijks vertellen.'

De Cock stond weer op. Licht waggelend slenterde hij naar de kapstok, wurmde zich in zijn regenjas, pakte zijn oude hoedje en schoof het achter op zijn hoofd. Zwaaiend ten afscheid slofte hij de recherchekamer uit.

Via de Oudebrugsteeg, de Nieuwezijds Kolk, langs het Korenmetershuisje, liep hij naar de Nieuwezijds Voorburgwal en stak de rijbaan over. Na een paar steegjes kwam hij op de Blauwburgwal en bereikte via de Heren- en de Prinsenstraat, de Prinsengracht.

Peinzend sjokte hij over het smalle trottoir.

Het was stil op de gracht. Het geraas van het verkeer was ver weg. De Cock vroeg zich al lopend af hoe Peter Karstens in de problemen kon zijn geraakt. De gedachte dat iemand een vervalsing van hem had opgemerkt, verwierp hij. Karstens' vakmanschap, zijn meesterschap, liet dat naar zijn gevoel niet toe. Hij kon zich ook niet voorstellen dat de man hulp nodig had. Daarvoor was Peter Karstens te standvastig en zelfverzekerd.

De oude rechercheur stak de rijbaan van de Westerstraat over en liep naar de Noordermarkt. Achter de hervormde kerk, voor een klein huisje met een groot, hoog raam, bleef hij staan. Midden op de ruit stond in sierlijke krulletters 'Peter Karstens' en daaronder, in lettertjes van veel kleiner formaat, 'schilder-kunstenaar'.

De Cock liep naar de deur en rukte aan de glimmend gepoetste koperen trekker. Ver weg in het inwendige van het huis rinkelde een bel en blafte een hond.

Na enige minuten werd de deur geopend. Een man met donkerblond warrig haar, gekleed in en slobberbroek en een glanzende zwartzijden blouse, keek hem enige tijd zwijgend aan. Zijn grote bruine ogen glansden niet, ze stonden dof. De hond blafte opnieuw.

De Cock nam zijn hoed af.
'Goedenavond, Peter,' sprak hij warm.
De kunstenaar maakte een lichte buiging en spreidde zijn armen. In zijn blouse met wijde mouwen was dat een sierlijk gebaar.
'Ambtelijk grootinquisiteur... snood en geniepig belager van weduwen, maagden en wezen,' schertste hij, 'treed binnen in het hol van een schilder en veeg de schoenen, waarin je platvoeten zweten.'
De Cock bleef even staan en beluisterde de toon. Hij kende de begroetende tekst van vorige bezoeken, maar het elan en de dictie ontbraken. Ook de begeleidende brede lach bleef achterwege.
Hij stapte langs hem heen. Na het voorportaal belandde hij in een hoog, diep vertrek. Het was er schemerig. Het enige licht kwam van een straatlantaarn voor het huis, aan de rand van het trottoir. Lange schaduwen vielen over ezels met half afgemaakte schilderijen.
Peter Karstens ging De Cock voor naar een trap die achter in het vertrek draaiend omlaag liep. Na een korte smalle gang kwamen ze in een intieme ruimte met een lage zoldering.
Op een ruwhouten tafel brandden flakkerend een paar kaarsen naast flessen rode wijn en fraai geslepen kristallen bokalen. Twee ervan waren halfgevuld.
Een grote hond kwam van onder de tafel en snuffelde aan de broekspijpen van de rechercheur. Het was een machtige, imponerende leonberger met een zwart masker en een goudgele vacht. De Cock schatte de schofthoogte van het dier op zo'n tachtig centimeter. Hij streelde de kop van het beest en keek op.
'Sinds wanneer heb jij een hond?'
In zijn stem trilde verwondering.
Peter Karstens maakte een lichte schouderbeweging.
'Sinds kort.'
De Cock keek hem onderzoekend aan.
'Waarom? Je hebt nooit een hond gehad.'
'Gezelschap. Hier in de Jordaan geldt de spreuk: als je de mensen leert kennen ga je je hondje liefhebben.'

De oude gezagsdrager negeerde de opmerking. Hij liet zijn blik door het vertrek dwalen.
'Ik... eh, ik mis iemand,' sprak hij peinzend. 'Waar is jouw beeldschone vriendin... waar is Maria?'
'Weg.'
De Cock reageerde geprikkeld.
'Wat is "weg"?'
'Uit de gevarenzone.'
De Cock wuifde om zich heen.
'Is dit een gevarenzone?'
'De gevarenzone,' sprak Peter Karstens met een diepe zucht, 'is overal waar ik ben. Daarom heb ik haar weggestuurd, weg uit mijn directe omgeving.'
De Cock reageerde niet direct. Hij liet zich in een fauteuil zakken. Het ontwijkende gedrag van Peter Karstens tastte zijn humeur aan.
De kunstenaar wees naar de flessen op de ruwhouten tafel.
'Een verrukkelijke bourgogne,' sprak hij mat. 'Een Savigny-les-Beaune van een gezegend wijnjaar.' Hij pakte een schoon glas en schonk behoedzaam in. Daarna keek hij op. 'Je drinkt toch een glas mee?'
De Cock knikte nadrukkelijk.
'Graag.'
De schilder zette de fles op tafel terug en ging tegenover hem op de bank zitten.
'Je weet,' begon hij loom, 'dat ik niet geloof in het wereldse recht, in het systeem waaraan jij jouw formidabele krachten verspilt.'
De Cock glimlachte. Hij pakte zijn glas op en proefde. De wijn was voortreffelijk.
'Formidabele krachten,' herhaalde hij een tikkeltje overdreven. Hij zette zijn glas terug op de tafel en spreidde zijn handen.
'Peter Karstens,' sprak hij bezwerend, 'jouw gedrag vanavond bevalt mij niet, totaal niet. Er is iets met je. Je bent veranderd. Het lijkt alsof je gebukt gaat onder een of andere slopende ziekte. Ik zie in jou niets meer terug van de vrijbuiter, de boekanier met een onverwoestbare kunstenaarsziel die mijn hart

verwarmde als ik hier op bezoek was. Je maakt vanavond op mij de indruk van een uitgebluste, uitgedoofde oude man.'
De schilder liet zijn hoofd iets zakken.
'Zo voel ik mij ook, uitgeblust en uitgedoofd.'
De Cock boog zich naar voren.
'Hoe... eh, hoe heb je over mij gedacht toen je mij vanmiddag uitnodigde voor dit bezoek. Was dat als vriend of als rechercheur, vertegenwoordiger van het gezag, dat jij zo verafschuwt.'
'Beide.'
De Cock fronste zijn wenkbrauwen.
'Beide?'
Peter Karstens knikte.
'Ik ben bang, De Cock. Voor het eerst van mijn leven voel ik mij in mijn bestaan bedreigd.' Hij streelde met een bevende hand de zwarte hondenkop. 'Ik heb dit beest niet voor niets aangeschaft.'
'Om je te beschermen?'
Peter Karstens knikte opnieuw.
'Precies, om mij te beschermen. En ik wil, daarom heb ik jou vanavond uitgenodigd, dat jij... als mij iets overkomt .. als mijn vriend en als bekwaam rechercheur het onderzoek naar de dader of daders doet.'
De Cock trok een denkrimpel in zijn voorhoofd.
'Wat kan jou overkomen?'
Peter Karstens schudde zijn hoofd.
'Over de aard en de aanleiding laat ik mij niet uit. Ik hoop nog steeds dat er oplossingen komen en dat ik mij voor niets zorgen heb gemaakt.'
'Uit welke hoek komen die bedreigingen?'
Peter Karstens sloot even zijn ogen.
'Die vraag beantwoord ik niet. Als er na enige tijd niets met mij is gebeurd, vergeet dan dit gesprek. Vergeet dan dat ik jou ooit heb verzocht om een onderzoek naar mogelijke daders te doen.'
De Cock knikte traag.
'Dat beloof ik.'
Peter Karstens stond op.

'Ik heb boven nog een presentje voor je.'
De kunstenaar ging De Cock voor door de smalle gang en besteeg de wenteltrap naar het hoge, schemerige vertrek. Vanachter een ezel pakte hij een in wit linnen gewikkeld schilderij en reikte dat De Cock aan.
'Bekijk het als je thuis bent.'
De oude rechercheur glimlachte.
'Door jou geschilderd?' vroeg hij hoopvol.
Peter Karstens knikte.
'Ik heb je al dikwijls gezegd dat ik niet in het recht geloof... maar ik geloof wel in jou.'

Met het schilderij onder zijn arm geklemd wandelde De Cock terug naar de Kit. Halverwege begon het zachtjes te regenen. De oude rechercheur knoopte zijn regenjas los, schoof het schilderij voor zijn borst en knoopte zijn jas eroverheen weer dicht. Met zijn handen gevouwen voor zijn buik liep hij verder.
In de hal van het politiebureau haalde hij het schilderij onder zijn jas vandaan.
Jan Rozenbrand, de wachtcommandant, leunde over de balie en lachte.
'Heb je je laten omkopen?'
De Cock trok een grijns.
'Daar lijkt het op.'
Zonder verdere uitleg besteeg hij de twee trappen naar de grote recherchekamer. Vledder was nog aan het werk. De jonge rechercheur liet zijn vingers rusten en schoof het toetsenbord van zich af.
'Wat heb je?'
De Cock nam de linnen wikkeling van het doek en staarde er even naar. Zijn gezicht klaarde op en van verrukking sloeg hij zijn handen ineen.
'Een Claude Monet!' riep hij verrast. 'Ik herken het... uit zijn Hollandse periode.'
'Heb je dat gekregen?'
'Ja.'
'Wat wilde Peter Karstens van je?'

‘Dat ik naar de daders zou zoeken in het geval hem iets overkwam.’
‘Wat verwacht hij? Ik bedoel, wat zou hem kunnen overkomen?’
‘Daar wilde hij zich niet over uitlaten.’
Vledder grinnikte vreugdeloos.
‘Dat is toch inconsequent.’
De Cock keek hem niet-begrijpend aan.
‘Hoe bedoel je... inconsequent?’
‘Peter Karstens gelooft niet in het recht, maar hij wil wel dat jij naar daders gaat zoeken als hem iets overkomt.’
De Cock trok zijn schouders iets op.
‘Ik heb het verzoek niet als inconsequent ervaren.’
Vledder zuchtte.
‘Jij kijkt met verkeerde ogen naar die man. Je bent ten opzichte van die schilder niet objectief meer. Jouw ambtelijke achterdocht ontbreekt volkomen als het die man betreft. Peter Karstens is een bedrieger, een gore vervalser, meer niet.’
De Cock plooide zijn lippen in een tuitje.
‘In artikel twee van de Politiewet staat dat wij hulp moeten verlenen aan hen, die dat behoeven. Daar zijn bedriegers en gore vervalsers niet van uitgesloten.’
Vledder reageerde niet.
De Cock wikkelde de Monet met haast tedere gebaren zorgvuldig weer in de witte linnen doek.
De telefoon op zijn bureau rinkelde. Dick Vledder boog zich ver naar voren en nam de hoorn op.
De Cock keek naar zijn gezicht en zag dat het verbleekte toen hij de hoorn op het toestel teruglegde.
‘Wie was dat?’
‘De wachtcommandant.’
‘En?’
Vledder slikte.
‘Op de Noordermarkt is een man neergeschoten toen hij zijn hond uitliet.’

2

Ze reden met hun oude Golf vanaf de houten steiger achter het politiebureau naar de Oudebrugsteeg en vandaar naar het Damrak. Het regende. De felle lichtreclames van het Damrak spiegelden in het natte asfalt. De Cock had er geen oog voor. Om het zicht op de zwiepende ruitenwissers te vermijden had hij zich diep onderuit laten zakken en zijn hoedje naar voren geschoven met de rand tot op zijn neus.
Naar het gevoel van De Cock reed Vledder veel te hard, maar hem ontbrak de moed om daar iets over te zeggen. Hoewel de oude rechercheur vurig hoopte dat de neergeschoten man die zijn hond uitliet niet Peter Karstens was, groeide in zijn hart de overtuiging dat hij zijn dierbare vriend had verloren.
Na de snelle rit parkeerde Vledder de wagen bij de hervormde kerk.
Ze stapten uit en sloften met lome tred naar de Noordermarkt. Agenten van een surveillancewagen hadden de omgeving met rood-wit lint afgezet. Op het trottoir voor de deur van het hol van de schilder lag onder het bruine dekzeil van de surveillancewagen het lichaam van een man. De Cock liep er schoorvoetend heen. Hij tilde het zeil op en keek in het verstarde gelaat van Peter Karstens.
Een enkele blik was voldoende om te zien dat de kunstenaar niet meer leefde. Toen de oude rechercheur het zeil verder wegtrok zag hij op de glanzende zwartzijden blouse van Peter Karstens ter hoogte van zijn borst een grote donkere vlek. Met trillende handen dekte hij het lichaam van zijn vriend weer toe.
Iets verderop, bijna op de hoek van de Noorderkerkstraat, lag een verstilde leonberger. Met een door tranen versluierde blik sjokte De Cock naar de dode hond en knielde bij hem neer. Het dier was duidelijk met kogelschoten afgemaakt. De Cock bekeek de zwarte kop, die hij een uur tevoren nog had geaaid. Terwijl hij zijn tranen de vrije loop liet, deed hij

het opnieuw... zacht, voorzichtig, alsof het dier zijn hand nog kon voelen. Daarna tilde hij de wangen van het beest iets op, zodat zijn kaken zichtbaar werden. Aan de scherpe tanden kleefde bloed.
De Cock keek omhoog naar Vledder, die zijn bewegingen gadesloeg.
'Is de meute al gewaarschuwd?'
'Dat heeft de wachtcommandant al gedaan,' zei Vledder.
De Cock wees naar de dode hond.
'Ik wil dat tezamen met Peter Karstens straks ook die hond naar Westgaarde wordt gebracht.'
'Waarom?'
'Dan kan dokter Rusteloos morgen gelijk sectie op het dier verrichten.'
Vledder keek zijn oude leermeester verwonderd aan.
'Op die hond?'
De Cock knikte.
'Er kleeft bloed aan zijn gebit. Ik wil weten of dat bloed van de hond zelf is of dat hij in zijn poging om zijn baas te verdedigen de moordenaar heeft gebeten. In dat geval moet het DNA-patroon van het bloed worden vastgesteld.'
Vledder trok een bedenkelijk gezicht.
'Doet dokter Rusteloos dat? Sectie op een hond?'
De Cock kwam overeind en ging voor Vledder staan.
'Ik heb in een grijs verleden eens een moord opgelost nadat de patholoog-anatoom in de strot van een hond twee afgebeten vingers vond. Ik hoefde toen alleen maar naar een man met twee afgekloven vingers te zoeken.'
'En vond je die?'
'Ja.'
Vledder keek hem scherp onderzoekend aan.
'Je hebt gehuild?'
In zijn stem klonk verwondering.
Met de rug van zijn rechterhand veegde De Cock de laatste tranen uit zijn ogen.
'Dat is voor het eerst... tijdens mijn werk als rechercheur.' Hij zweeg even. 'En ik schaam mij er niet voor.'

Vledder draaide zich om en wees naar het lichaam van Peter Karstens.
'Jij hield van die man,' stelde hij vast.
De Cock maakte een schouderbeweging.
'Houden-van is zo'n beladen begrip. Die man had mijn sympathie... mijn genegenheid. Ik heb me dikwijls afgevraagd waarom ik die gevoelens had. Was het zijn kunstenaarschap, zijn uitstraling, zijn voorkomen, zijn onbekommerde stijl van leven? Ik weet het niet. Ik werd door die man gefascineerd. Hij handelde en dacht volkomen in tegenstelling tot mijn opvattingen en tot mijn gedrag. In feite was Peter Karstens volkomen mijn tegenpool. Ik zou die man vanuit mijn functie als gezagsdrager met argwaan hebben moeten bezien.'
Om zijn mond gleed een droeve glimlach.
'Dat is mij nooit geheel gelukt.'
Hij trok zijn rug recht en zuchtte diep.
'Laten we gewoon aan het werk gaan. Vraag aan de dienders of ze op straat patroonhulzen hebben gevonden en bekijk eens of de woning van Peter Karstens slotvast is afgesloten. Of er wellicht sporen van braak aanwezig zijn. Of er mogelijk iets uit zijn atelier is verdwenen.'
'Dat doe ik straks,' zei Vledder, 'maar ik geloof niet dat het iets oplevert. Ik vermoed dat Peter Karstens onmiddellijk nadat hij met zijn hond naar buiten kwam is neergeschoten en dat de dader daarna is gevlucht.'
'Achtervolgd door een woedende leonberger... die hij neerschoot om aan achtervolging te ontkomen,' sprak De Cock verbeten.
'Zo zal het zijn gegaan.'
De Cock zwaaide om zich heen.
'We moeten morgen maar eens een buurtonderzoek instellen. Misschien heeft iemand de vluchtende man gezien.'
'Man?'
De Cock trok zijn schouders op.
'Misschien was het wel een vrouw. Ik heb geen idee. Peter Karstens weigerde mij te zeggen uit welke hoek de dreiging kwam.'
Ze liepen van de dode hond terug naar de plek waar het slachtoffer lag. Vledder wees naar het atelier.

‘Misschien heeft hij binnen iets aan het papier toevertrouwd... een paar aantekeningen... een naam.’
De Cock trok een bedenkelijk gezicht.
‘Dan had hij mij ook een gesloten envelop kunnen geven, die ik gesloten moest houden en alleen mocht openen als er iets met hem gebeurde.’
Vledder maakte een hoofdbeweging in de richting van het slachtoffer.
‘Misschien vertrouwde hij jou toch niet helemaal.’
‘Mogelijk.’
Vledder grijnsde.
‘In ieder geval heeft jouw goede vriend ons wel met een bijna onoplosbaar probleem opgezadeld.’
Bram van Wielingen liep met zijn aluminium koffertje in de hand op De Cock toe. Hij tikte demonstratief op het glas van zijn polshorloge.
‘Ik lag al in bed,’ sprak hij kribbig.
De Cock schonk hem een beminnelijke glimlach.
‘Maar dan was je,’ sprak hij liefjes, ‘vast nog niet ingeslapen. Anders kon je hier niet zo snel zijn.’
De politiefotograaf reageerde daar niet op.
‘Weet je al wie het is?’
De Cock bukte zich en trok het dekzeil weg.
Van Wielingen verbleekte.
‘Peter Karstens.’
De Cock keek hem schuins aan.
‘Ken je hem?’
‘Hij heeft eens een prachtig portret geschilderd van mijn oudste dochter. Sindsdien heb ik al mijn kinderen door hem laten vereeuwigen.’
Er klonk bewondering in de stem van de fotograaf.
De Cock wees.
‘Verderop ligt een leonberger... zijn hond. Ze zijn allebei koelbloedig neergeknald.’
‘Dader?’
De Cock schudde zijn hoofd.
‘Geen dader en voorzover ik weet ook geen getuigen. Ik ver-

moed dat iemand hier in de omgeving schoten heeft gehoord en daarna de politie heeft gebeld.'
Van Wielingen boog zich over het slachtoffer.
'Een snelle dood. Hij is door meerdere kogels geraakt. Op zijn borst ligt een hele plas bloed.' De fotograaf zette zijn aluminium koffertje op de straat, nam daaruit zijn Hasselblad en keek omhoog naar De Cock. 'Wat wil je van me? Heb je nog bijzondere wensen?'
De oude rechercheur gebaarde om zich heen.
'Een overzicht van de omgeving, plaatjes van het slachtoffer en van de hond. Veel meer heb ik niet nodig.'
'Je hebt je plaatjes morgen op je bureau.'
De Cock draaide zich om. Vanachter een ambulancewagen met zwaailicht ontwaarde hij dokter Den Koninghe. In zijn kielzog verschenen twee geüniformeerde broeders van de Geneeskundige Dienst met hun onafscheidelijke brancard.
De grijze speurder liep op de oude lijkschouwer toe en begroette hem hartelijk. De Cock had een zwak voor de excentrieke dokter met zijn ouderwetse grijze slobkousen onder een deftige streepjesbroek, zijn stemmig zwarte jacquet en zijn verfomfaaide groen uitgeslagen garibaldihoed.
'Hoe maakt u het?' vroeg hij uitbundig.
Dokter Den Koninghe zwaaide.
'Best. Sinds ik allopurinol heb ontdekt, heb ik geen last meer van mijn jicht.'
De Cock duwde Bram van Wielingen, die net in het dode gelaat van Peter Karstens had geflitst, iets opzij en wees naar het slachtoffer.
'Het lijkt op een liquidatie in het criminele circuit. Maar daarover heb ik toch mijn twijfels.'
De dokter nam zijn hoed af en liet die naast het slachtoffer op de straat vallen. Daarna trok hij de pijpen van zijn streepjesbroek iets omhoog en knielde bij de dode neer.
Al na luttele seconden pakte hij zijn hoed van de straat, schoof die op zijn hoofd en kwam weer overeind.
Zijn oude knieën kraakten.
Met precieze bewegingen nam hij zijn bril af, pakte zijn witzij-

den pochet uit het borstzakje van zijn jacquet en poetste de glazen. De Cock kende de bewegingen. Het was een reeks gebaren om tijdwinst.
‘Hij is dood,’ sprak de dokter laconiek.
De oude rechercheur knikte met een strak gezicht.
‘Dat begreep ik,’ reageerde hij simpel.
Dokter Den Koninghe keek naar de dode.
‘Nog maar kort. Zijn lichaam is nauwelijks afgekoeld en het bloed op zijn hemd is nog vrijwel niet verkleurd.’ Hij zette zijn bril weer op en plooide zijn pochet terug in het borstzakje van zijn jacquet.
‘Inwendige bloedingen,’ legde hij uit. ‘Je kunt er wel vanuit gaan dat een van de kogels zijn hart heeft geraakt.’
De Cock knikte.
‘Wilt u nog even naar de hond kijken?’
‘Is die tegelijk met het slachtoffer gedood?’
‘Ja.’
‘Hoe?’
‘Een paar schoten in zijn lijf.’
De kleine lijkschouwer schudde zijn hoofd.
‘Ik ben niet geïnteresseerd in dode honden,’ sprak hij verveeld. ‘Het is ook mijn taak niet om de dood van honden vast te stellen.’ Hij duimde over zijn schouder. ‘Er ligt volgens jouw collega’s ergens in de Indische buurt nog een lijk op mij te wachten. Het is druk vanavond. Komt zeker door het weer.’
Hij draaide zich gehaast om en wuifde ten afscheid.
De Cock wendde zich tot de fotograaf, die zijn fraaie Hasselblad behoedzaam in zijn koffertje teruglegde.
‘Ben je klaar?’
Bram van Wielingen knikte.
‘Ik heb alles keurig voor je vastgelegd, compleet met dode hond.’
De Cock schonk hem een glimlach.
‘Bedankt. Bel de dactyloscopische dienst maar af. Er is hier voor hen toch niets te kwasten.’
De fotograaf klapte zijn koffertje dicht.
‘Doe ik.’ Hij zwaaide joviaal. ‘Nou, ajuus. Tot je volgende klus... liefst overdag.’

De Cock reageerde niet. Hij wenkte de broeders van de Geneeskundige Dienst naderbij. Ze legden hun brancard naast het lichaam van Peter Karstens.
De Cock gebaarde naar de leonberger.
'Ik wil dat jullie ook die dode hond meenemen naar Westgaarde. Er is in de wagen naast het slachtoffer nog wel een plekje voor hem vrij.'
De broeders knikten als een tweeling.
'Moet hij ook in de koeling?'
De Cock knikte.
'Dokter Rusteloos zal morgen ook sectie op de hond verrichten.'
Een van de broeders grinnikte.
'Dat heb ik nog niet meegemaakt.'
De Cock keek hem aan.
'Ik wel.'
De oude rechercheur bezag hoe de broeders wat onwennig en met zichtbaar veel moeite de zware hond naar de ambulancewagen droegen. Eerst daarna legden ze het slachtoffer op de brancard, drapeerden een laken over hem heen en sloegen de canvasflappen dicht.
Toen ze het lichaam van Peter Karstens zacht wiegend naar de ambulancewagen droegen, slofte De Cock met gebogen hoofd aan hun zijde mee. Hij keek toe hoe zij de brancard voorzichtig naar binnen schoven. De oude rechercheur deed een stapje terug. Het beeld van de dode hond liggend naast de brancard trof hem.
De broeders sloten de achterdeuren, stapten in en reden weg.
De Cock bleef staan en tuurde de wagen na tot het rode achterlicht in de avondnevel oploste.

Zwijgend en in een bedrukte stemming reden ze met hun Golf van de hervormde kerk weg. Het begon weer zachtjes te regenen.
Het was Vledder die het zwijgen verbrak.
'De deur van zijn atelier was op slot,' rapporteerde hij. 'Er waren ook geen sporen van braak.'
De Cock blikte opzij.
'Patroonhulzen?'

Vledder schudde zijn hoofd.
'Die waren er niet. Het moordwapen was vrijwel zeker een revolver.*
De jonge rechercheur gebaarde voor zich uit.
'De moord heeft volgens mij ook niets met roof te maken. Ik vermoed dat de dader enige tijd de gangen van Peter Karstens heeft nagegaan en wist dat de schilder op een bepaald tijdstip zijn hond uitliet.'
'Rond de klok van elf uur,' antwoordde De Cock. 'Ik vind het een akelige gedachte. Misschien stond de man, of de vrouw, die Peter Karstens vermoordde al klaar toen ik met mijn Claude Monet onder de arm van het huis van Peter wegliep.'
'Jou is niets bijzonders opgevallen?'
De Cock schudde zijn hoofd.
'Ik was op dat moment wellicht niet alert genoeg. Het gesprek met Peter en het geschenk dat hij mij gaf hadden mij wat verward.'
'Heb jij een idee over de dader?'
De Cock maakte een hulpeloos gebaar.
'Het is moeilijk om nu al een daderprofiel te maken. Volgens mij was het in elk geval geen professional.'
'Waarom niet.'
'De dader heeft de reactie van de leonberger niet voorzien... of verkeerd ingeschat.'
Vledder gromde.
'Hopelijk wordt die hond zijn of haar ondergang,' sprak hij grimmig.
De Cock knikte.
'Neem morgen voordat dokter Rusteloos met zijn sectie begint, uit de kleding van Peter Karstens zijn huissleutels mee. Ik wil toch eens zien of we iéts kunnen vinden dat enig licht op de zaak werpt.'
Vledder blikte even opzij.
'En de kogels uit zijn lijf?'

* Een pistool werpt de patroonhulzen uit. Bij een revolver blijven ze in de kamers achter.

De Cock reageerde wat geschokt.
'Allicht... de kogels uit zijn lijf. Maar wees voorzichtig. Er kunnen ook uitgetreden kogels in de kleding van het slachtoffer zijn blijven hangen. Dat is mij in het verleden na een schietpartij al een paar keer overkomen.'
Vledder grijnsde.
'Ik zal erop letten.'
De jonge rechercheur parkeerde de oude Golf op de steiger achter het bureau. Ze slenterden door de Oudebrugsteeg naar de Warmoesstraat. Toen ze de hal van het politiebureau binnenstapten wenkte Jan Rozenbrand hen met een kromme vinger.
De Cock liep op hem toe.
'Nog een lijk en ik ga gillen.'
De wachtcommandant schudde zijn hoofd.
'Boven zit een jonge vrouw op je te wachten... een bloedmooie vrouw. Ze kwam hier een paar minuten geleden huilend binnen en vroeg naar jou.'
De Cock besteeg opmerkelijk kwiek de stenen trappen naar de tweede etage.
Vledder volgde lichtvoetig.
Op de bank bij de toegangsdeur tot de grote recherchekamer zat een jonge vrouw. De Cock herkende haar onmiddellijk: Maria, de beeldschone vriendin van Peter Karstens.
Ze kwam van de bank overeind en liep huilend op hem toe.
'Hij is dood, hè... hij is dood.'
De Cock sloeg zijn armen om haar heen... voelde hoe haar lichaam schokte. Daarna hield hij haar iets van zich af, keek in haar betraande gezicht en knikte.

3

De Cock nam haar zacht dwingend vanuit de gang mee naar de grote recherchekamer. Hij zwiepte zijn oude hoedje missend naar de kapstok, leidde haar naar de stoel naast zijn bureau en liet haar plaatsnemen.
Met zijn regenjas nog aan ging hij achter zijn bureau zitten. Achteroverleunend keek hij haar scherp onderzoekend aan. Hij wachtte geduldig tot ze wat rustiger werd en boog zich daarna vertrouwelijk naar haar toe.
'Je wist het al?' vroeg hij vriendelijk.
Maria schudde haar hoofd. Haar lange zwarte haren golfden over haar schouders.
'Ik vermoedde het.'
'Waarom?'
Maria verschoof iets op haar stoel.
'Peter liet zijn hond altijd 's avonds om elf uur voor de laatste maal uit. De afspraak was, dat ik hem daarna nog even zou bellen... voor het contact... om elkaar goedenacht te wensen.'
De Cock knikte traag.
'Ik begrijp het. Jij belde maar Peter nam de telefoon niet op.'
Ze schudde opnieuw haar hoofd.
'Nee. Peter reageerde niet. Ik heb het steeds opnieuw geprobeerd... met kleine tussenpozen. Na de vijfde poging groeide in mij de absolute zekerheid dat er iets ernstigs met hem was gebeurd.'
De Cock knikte begrijpend.
'Toen ben je naar de Warmoesstraat gestapt.'
Maria liet haar hoofd iets zakken.
'Ik wist dat Peter voor vanavond een afspraak met u had gemaakt.'
'Je weet ook waarom?'
Ze knikte.
'Om over zijn angst te spreken.'

De Cock hield zijn hoofd iets schuin.
'Jij kende die angst?'
Maria zuchtte diep.
'Peter was bang dat hem iets zou overkomen. Hij had signalen opgevangen dat men hem van het leven wilde beroven. Omdat hij er ernstig rekening mee hield dat ook ik daarbij betrokken zou kunnen raken, heeft hij tijdelijk een appartementje voor mij gehuurd op het Prinseneiland... weg, zoals hij dat noemde, uit de gevarenzone.'
'Tijdelijk,' vulde De Cock aan, 'tot de dreigende wolken aan de horizon waren verdwenen.'
'Precies.'
De Cock spreidde zijn handen.
'Dat heeft Peter mij vanavond verteld. Maar wat hij mij niet vertelde was... uit welke hoek dat gevaar dreigde. Hoe de dreigende wolken contouren hadden gekregen. Hij wilde daar absoluut niets over kwijt. Hij weigerde ook iedere vorm van bescherming.'
Om de fraaie lippen van Maria gleed een matte glimlach.
'Zo is, zo was Peter. Ook ik heb hem dikwijls om opheldering gevraagd, maar nooit uitleg gekregen. Dat weigerde hij pertinent. Hij zei altijd: waarom zou ik jou met mijn zorgen opzadelen?'
De Cock keek haar secondelang zwijgend aan.
'Maria,' sprak hij zacht, bijna fluisterend, 'ik weet niets van je. Ik heb nooit een woord met je gesproken. Ik heb je, wanneer ik Peter op de Noordermarkt bezocht, een paar maal in het halfduister bij kaarslicht ontmoet... en je schoonheid bewonderd*. Maria, maar ik weet niet eens hoe je verder heet.'
Ze schonk hem een glimlach.
'Van Overloon... Maria van Overloon.'
'Hoe jong ben je?'
Er gleed een grijns over haar gezicht.
'U bedoelt hoe oud ik ben... tweeëndertig.'
'Hoe lang was je met Peter samen?'

* Zie *De Cock en de dwaze maagden.*

Maria van Overloon beet even op haar onderlip.
'Ruim vijftien jaar. Ik was zeventien toen ik, tot paniek van mijn ouders, smoorverliefd bij hem introk.'
Ze zweeg even. Ook De Cock bleef verzonken in zijn eigen gedachten.
Ineens keek ze weer op.
'Sindsdien heb ik genoten van elke dag, elk uur en elke minuut die ik in zijn nabijheid was.'
De Cock knikte traag.
'Ik begrijp dat.'
Maria ademde diep.
'Hoe... eh, hoe stierf Peter?'
De Cock maakte een hulpeloos gebaar.
'Snel, heel snel. Hij heeft niet geleden. Iemand schoot hem van dichtbij een paar kogels in zijn borst.'
'Hij was direct dood?'
'Vrijwel.'
'Waar is de hond nu?'
Om tijdwinst wreef De Cock zich even in zijn nek.
'De leonberger,' sprak hij aarzelend, 'moet om zijn baas te beschermen de moordenaar of moordenares in woede zijn gevolgd. Ik neem aan dat de dader door de actie van de hond is geschrokken. Wellicht heeft de hond hem gebeten. Er zat bloed in zijn bek. In ieder geval werd het dier met een paar kogelschoten afgemaakt.'
Maria kneep haar lippen samen.
'Schoft.'
De Cock streek met zijn vlakke hand over zijn brede kin.
'Vanavond, eh... Peter vroeg mij vanavond om persoonlijk het rechercheonderzoek te doen wanneer er iets met hem zou gebeuren. Ik heb hem uiteraard die toezegging gedaan. Ik beschouwde Peter als mijn vriend.'
Maria keek naar hem op.
'Geloof me... dat was wederkerig. Peter was erg op u gesteld. Hij begreep alleen niet – zo drukte hij zich uit – dat een beslist intelligente kerel er zich ervoor leende om dat stomme politiewerk te doen.'

Om de lippen van De Cock dartelde een vage glimlach.
'Peter was een kunstenaar. De rechtlijnigheid van wetten was Peter een gruwel.'
De oude rechercheur pauzeerde even en zuchtte.
'Maria, ik beloof je,' ging hij ernstig verder, 'dat ik alles zal doen om de mensen die verantwoordelijk zijn voor zijn dood te ontmaskeren.'
Hij maakte een hulpeloos gebaar.
'Maar ik sta met lege handen. Ik heb geen enkel aanknopingspunt naar de dader, of naar de mensen die mogelijk een opdracht tot die moord hebben gegeven.'
De oude rechercheur boog zich nog dichter naar haar toe.
'Maria,' sprak hij bijna smekend, 'jij móét toch iets weten, je moet toch íéts hebben vermoed?'
Ze schudde haar hoofd.
'Ik heb geen flauw idee voor wie of wat Peter bang was en wie hem bedreigde. Ik kan mij geen incidenten voor de geest halen die daarop kunnen duiden.'
De Cock gebaarde heftig.
'Maar voor Peter,' sprak hij geëmotioneerd, 'was het gevaar reeel, heel wezenlijk.'
'Dat is ook de reden,' sprak Maria nadrukkelijk, 'dat hij niet wilde dat ik nog langer op de Noordermarkt verbleef.'
De Cock kneep zijn ogen even dicht.
'De gevarenzone.'
Maria liet haar hoofd zakken. Haar lange zwarte haren gleden als een gordijn voor haar gezicht. Toen ze opkeek had ze tranen in haar ogen.
'Gevarenzone,' lispelde ze zacht. 'Gevarenzone voor Peter en mij. Hij heeft dat goed ingeschat. Maar Peter is dood en ik leef.'
'Dankzij hem.'
'Ja.'
De Cock spreidde zijn handen.
'Je moet verder, zonder hem. Als knappe jonge vrouw moet dat lukken.'
Om haar volle lippen dwarrelde een grijns.

'Dat betwijfel ik.'
De Cock waagde nog een laatste poging om uit de impasse van zijn verhoor te raken.
'Wat... eh, wat deed Peter de laatste tijd?'
Maria trok haar schouders iets op.
'Wat hij altijd heeft gedaan... intens... met hartstocht en liefde schilderen... duplicaten maken van schilderijen die als kunstwerken te boek staan.'
'En daar is een markt voor?'
'Absoluut.'
Ze zweeg en De Cock vroeg niet verder.
Na enige tijd kwam ze langzaam uit haar stoel overeind, trok haar rok recht en gleed met kammende vingers door haar lange haren.
De Cock stond ook op.
'Hoe ben je hier gekomen?'
'Te voet.'
'Vledder brengt je naar huis.'
Maria stapte dichter op hem toe.
'Heeft Peter jou dat schilderij nog gegeven?'
'Een fraaie Monet,' sprak De Cock stralend. 'Volgens mij de beste Franse impressionist. Ik ben er erg blij mee. Ik zal hem op een passende wijze laten inlijsten.'
Maria van Overloon glimlachte.
'Doe dat. Bekijk het doek zorgvuldig. Peter kende jouw liefde voor Monet. Hij heeft het speciaal voor jou geschilderd en er erg zijn best op gedaan. Het is, volgens hem, nog beter dan het origineel.'

Met zijn handen diep in de zakken van zijn regenjas slenterde De Cock de volgende morgen over het brede trottoir van het Damrak. Hij was, komend van huis, op het Stationsplein uit de tram gestapt en volgde de stroom wandelaars in de richting van de Dam.
Een felle zuidwesterstorm was na enkele verwoestende uren in de nanacht weer gaan liggen. Windvlagen hadden de laatste regenwolken naar het noordoosten verjaagd. De hemel was strak-

blauw en een vriendelijk laaghangend zonnetje toverde goud op de geveltjes.
De Cock schoof zijn vilten hoedje ver naar achteren en blikte schuin omhoog. Links over het water lagen de achtergevels van de Warmoesstraat in de schaduw.
Bij de Oudebrugsteeg sprintte hij voor een aanstormende tramtrein van lijn 9 de rijbaan van het Damrak over. Een jong, hem tegemoetkomend hoertje lachte vrijuit. De Cock in draf was een koddig gezicht.
De oude rechercheur blies hijgend de lucht uit zijn longen en krulde zijn lippen in een zoete grijns. In het voorbijgaan lichtte hij beleefd zijn hoedje voor haar en slenterde verder langs de schippersbeurs naar de Warmoesstraat.
Hoe dichter hij bij het politiebureau kwam, hoe scherper de werkelijkheid tot hem doordrong, dat hij de avond tevoren een vriend had verloren. Gedurende de nacht had die gedachte hem niet gekweld, maar nu, met de uitgesleten stoep van het politiebureau aan zijn voeten, drong het besef tot hem door dat de dood van Peter Karstens hem voor een vrijwel onmogelijke opgave had geplaatst. Met een sombere trek op zijn gezicht liep hij in de hal aan de wachtcommandant voorbij en besteeg de stenen trappen naar de tweede etage.
Toen De Cock de grote recherchekamer binnenstapte, liet Vledder zijn rappe vingers op het toetsenbord van zijn computer rusten. Hij keek op.
'Je bent laat,' riep hij bestraffend.
De Cock schonk hem een droeve glimlach.
'Beneden voor de stoep van het bureau had ik zelfs de neiging om helemaal niet te komen.'
Vledder knikte begrijpend.
'De dood van Peter Karstens... je ziet tegen die vervelende klus op.'
'Beslist.'
Vledder gebaarde naar de telefoon.
'Ik heb al contact gehad met dokter Rusteloos. De sectie is vanmiddag om twee uur. Hij had er geen enkel bezwaar tegen om ook de hond bij zijn onderzoek te betrekken.'

‘Ik had niet anders verwacht.’
Vledder keek hem schuins aan.
‘Wil jij vanmiddag naar de gerechtelijke sectie op het lijk van Peter Karstens?’
De Cock schudde zijn hoofd.
‘Ik voel er weinig voor om een verdere ontluistering van zijn lijf bij te wonen.’
Vledder keek zijn oude mentor onderzoekend aan.
‘Het zit je wel diep.’
De Cock gromde.
‘In ons werk zijn de meeste slachtoffers anoniem. Er is vrijwel nooit sprake van een persoonlijke betrokkenheid. Dit is anders.’
Vledder schudde zijn hoofd.
‘Dit is niet anders,’ reageerde hij scherp. ‘Voor ons niet. Moord is moord. Dat het slachtoffer jouw vriend was, mag geen rol spelen. Onze inzet kan en mag niet anders zijn. Ik wil dat je...’
De jonge rechercheur stokte. Er werd met kracht op de deur van de grote recherchekamer geklopt. Vledder strekte zijn rug en riep: ‘Binnen!’
Het klonk wat geïrriteerd.
In de deuropening verscheen de gestalte van een corpulente, tamelijk forsgebouwde man. De Cock schatte hem op achter in de veertig. Hij droeg een lichtgrijs gestreept kostuum. Met dreunende tred kwam hij naderbij.
Voor de bureaus van de beide rechercheurs bleef hij wat uitdagend staan.
‘Wie van u is rechercheur De Cock?’ vroeg hij hooghartig.
De oude rechercheur reageerde niet. Hij keek omhoog en bezag het rode, ronde gezicht van de man. Zijn blik bleef rusten op de bijna achter opbollende wangen verscholen ogen... hard, kil en fletsgroen.
‘Goedemorgen.’
De man zwaaide in zijn richting.
‘Bent u rechercheur De Cock?’
De grijze speurder knikte.

‘De Cock met... eh, met ceeooceekaa. Inschattend acht ik u een man die graag klachten schrijft. Het is mijn wens dat u mijn naam in zo’n geval goed spelt.’
De man reageerde niet. Hij wees naar de stoel naast het bureau van De Cock.
‘Kan ik daar gaan zitten?’
De Cock neeg zijn hoofd minzaam.
‘Als u ons openbaart wie u bent,’ sprak hij vriendelijk, ‘mag u daar gaan zitten.’
De man nam plaats en ademde diep.
‘Ik ben Alfred... Alfred van der Broek. Ik ben een medewerker van het veilinghuis Brilliance of Art hier in Amsterdam aan de Lijnbaansgracht.’
De Cock schoof zijn onderlip iets naar voren.
‘Een fraaie naam... Brilliance of Art.’
Alfred van der Broek wuifde de opmerking weg.
‘Ik was een uurtje geleden op de Noordermarkt bij het atelier van Peter Karstens. Het was gesloten. Een oudere man zag mij aan de deur morrelen. Hij kwam naar mij toe en vertelde dat er gisteravond op Peter Karstens was geschoten.’
‘Dat klopt.’
‘De man zei dat rechercheur De Cock van het bureau Warmoesstraat vermoedelijk de leiding van het onderzoek had. Hij had u gisteravond op de Noordermarkt aan het werk gezien.’
De oude rechercheur glimlachte.
‘Ook dat klopt.’
‘Hoe is het met hem?’
‘Met wie?’
‘Peter Karstens.’
‘Hij is dood.’
Van der Broek snoof.
‘Dat komt ons slecht uit.’
De Cock trok een denkrimpel in zijn voorhoofd.
‘Is dat uw enige reactie? Het bericht van zijn dood schokt u niet?’
Van der Broek schudde zijn hoofd.
‘Als iemand op hem heeft geschoten,’ sprak hij koel, ‘dan kan

dat zijn dood betekenen. Ik herhaal wat ik u al zei: het komt ons slecht uit.'
De Cock keek hem vragend aan.
'Wilt u mij dat nader uitleggen?' vroeg hij scherp.
Alfred van der Broek schraapte zijn keel.
'Ons veilinghuis deed veel zaken met Peter Karstens. Hij is... was... een begenadigd kunstenaar. Wij veilden veel van zijn werken. De heer Karstens eiste altijd geld van ons voor hij aan de slag ging. Dat hebben wij steeds ingewilligd. Wij hebben kortgeleden voor een nieuwe serie schilderijen nog een aanzienlijk bedrag aan hem overgemaakt, maar sindsdien hebben wij nog geen doek van hem ontvangen.'
'En nu?'
Van der Broek maakte een berustend gebaar.
'Ik zeg u nogmaals: zijn overlijden komt ons slecht uit. Het wordt een gevoelige verliespost. We kunnen Peter Karstens niet meer tot leven wekken om zijn werk af te maken. Dood is onomkeerbaar.'
'Hebt u enig idee wie wel belang had bij zijn dood?'
De man van het veilinghuis antwoordde niet direct. Zijn kille, fletsgroene ogen bleven op De Cock gericht.
'Peter Karstens was niet brandschoon.'
'Hoe bedoelt u dat?'
Van der Broek trok een grijns.
'Hij was ook een geniaal vervalser.'
'Inderdaad.'
Van der Broek keek hem verrast aan.
'Dat is u bekend?'
'Al jaren,' zei De Cock.
Van der Broek verschoof iets op zijn stoel.
'Is... eh, is het niet denkbeeldig,' sprak hij hakkelend, 'dat iemand die in de overtuiging leeft dat hij een kostbare oude meester in zijn bezit heeft, tot de ontdekking komt dat hij een vrijwel waardeloze vervalsing aan zijn muur heeft hangen?'
De Cock gleed met zijn pink over de rug van zijn neus
'En dan uit woede de vervalser neerschiet?'
'Dat bedoel ik.'

De Cock keek de man schattend aan.
‘Kent u iemand?’
Alfred van der Broek aarzelde.
‘In het huis van mijn directeur, Paul van Eldersloo, in Blaricum hangt een valse Renoir aan de muur.’

4

Toen Alfred van der Broek na een gemompeld afscheid met dreunende tred uit de grote recherchekamer was vertrokken, keken de beide rechercheurs elkaar enige tijd zwijgend aan. Het relaas van de man had hen zichtbaar verrast en hun denken aangescherpt.

Het was Vledder die het zwijgen verbrak.

'Jouw vriend Peter Karstens was een notoire vervalser,' opperde hij. 'Toch was hij een man voor wie je als rechercheur, ondanks zijn duistere praktijken, wel sympathie kon opbrengen.'

'Absoluut.'

Vledder snoof.

'Maar deze vent, deze Alfred van der Broek, wekt alleen maar weerzin bij mij op. Ik kan er niets aan doen, zijn kop staat mij niet aan.'

'Niet moeders mooiste.' De Cock zei het met een lach.

'Dat niet alleen,' zei Vledder hoofdschuddend, 'naar mijn gevoel is die Alfred van der Broek een ordinaire fraudeur. Een gemene oplichter. Ik vertrouw hem voor geen meter.'

De Cock grinnikte.

'Een snelle analyse.'

'Vertrouw jij hem?' vroeg Vledder.

De Cock krabde zich even achter in zijn nek.

'Wees voorzichtig met je conclusies,' waarschuwde hij. 'De meeste fraudeurs hebben juist een beminnelijke uitstraling. Ze zijn vaak charmant en welbespraakt.' Hij schudde zijn hoofd. 'Leer van mij... je mag nooit alleen op het uiterlijk van iemand afgaan.'

'Alleen het uiterlijk?' vroeg Vledder minachtend. 'Zonder enige terughoudendheid, zonder enige gêne beschuldigt hij zijn directeur Paul van Eldersloo van moord.'

De Cock maakte een afwerend gebaar.

'Hij openbaarde ons alleen dat zijn directeur Paul van Eldersloo

in zijn huis in Blaricum een valse Renoir aan de muur heeft hangen.'
Vledder snoof.
'Geschilderd door Peter Karstens.'
'Dat moet nog blijken.'
Vledder zwaaide heftig.
'Daar kun je toch vergif op innemen,' riep hij geëmotioneerd. 'Het veilinghuis Brilliance of Art aan de Lijnbaansgracht deed uitgebreid zaken met Peter Karstens.'
De Cock knikte.
'Peter Karstens... een man van wie men wist dat hij een geniaal vervalser was.'
'En?'
De Cock spreidde zijn handen.
'Als Paul van Eldersloo weet,' sprak hij nadrukkelijk, 'dat de Renoir die hij aan de muur van zijn huis in Blaricum heeft hangen, een door Peter Karstens geschilderde vervalsing is, dan mist hij het motief voor moord. Er is dan geen sprake van misleiding of bedrog.'
De oude rechercheur zweeg even.
'Ik heb nu,' ging hij rustig verder, 'twee door Peter Karstens vervalste schilderijen van Monet in mijn bezit. Ik weet dat. En ik ben er blij mee. Ik koester geen haat of wraakgevoelens jegens Peter. Integendeel... ik ben hem dankbaar.'
Vledder trok een bedenkelijk gezicht.
'Toch voel ik wel wat voor de stelling van Alfred van der Broek.'
De Cock gebaarde voor zich uit.
'Je bedoelt, dat iemand die in de absolute overtuiging leeft dat hij een kostbare oude meester in zijn bezit heeft en tot de ontdekking komt dat het slechts een waardeloze vervalsing is, wel gevoelens van wraak en haat jegens de vervalser koestert?'
'Ja.'
De Cock schudde zijn hoofd.
'Wanneer een vervalser – Peter Karstens in dit geval – alleen maar vervalst, speelt hij in het spel van list en bedrog slechts een ondergeschikte rol.'

Vledder keek hem niet-begrijpend aan.
'Een ondergeschikte rol?'
De Cock glimlachte.
'Iedereen mag toch proberen om de Nachtwacht na te schilderen. Het gedrag van een vervalser wordt eerst laakbaar en verwerpelijk, wanneer hij zijn vervalsingen als echt en onvervalst presenteert.'
Vledder grinnikte.
'Of als hij verzwijgt dat het vervalsingen zijn.'
De Cock stak zijn beide handen naar voren.
'Dat is exact de kern van de zaak. Wat weet de koper, de ontvanger, de verkrijger, op het moment dat hij in het bezit van een kunstwerk komt. Weet hij dat het een vervalsing is of een replica, of acht hij het kunstwerk echt, onvervalst en authentiek?'
Vledder knikte begrijpend.
'Met andere woorden, wat is hem of haar bij de koop, bij het verkrijgen van het kunstwerk gesuggereerd, wat is hem voorgespiegeld?'
'Precies.'
Vledder keek De Cock onderzoekend aan.
'Verkocht Peter Karstens zijn vervalsingen wel eens als echt en onvervalst?'
De Cock zuchtte.
'Ik heb een paar maal een aangifte tegen hem in behandeling gehad.'
'En?'
De oude rechercheur schudde zijn hoofd.
'Ik heb in het verleden nooit kunnen bewijzen dat hij bedrog had gepleegd. In het wereldje van de kunsthandel weet eenieder dat Peter Karstens erkende kunstwerken imiteert. Dat is geen geheim. Iemand die een doek van Peter Karstens koopt, kent de oorsprong.'
Vledder boog zich iets naar voren.
'Peter Karstens was dus volgens jou eerlijk, brandschoon en onbevlekt?'
De Cock keek hem bestraffend aan.

‘Onbevlekt vind ik in dit verband bezoedeld taalgebruik.’
Vledder grinnikte om het woord bezoedeld.
‘Acht jij,’ ging hij ernstig verder, ‘Peter Karstens op een of andere manier schuldig aan zijn eigen dood?’
De Cock liet zijn hoofd iets zakken.
Hij begon aarzelend. ‘Ik weet,’ formuleerde hij voorzichtig, ‘dat ik in jouw visie nu een hachelijke uitspraak doe... Peter Karstens heeft, zo is mijn overtuiging, het vertrouwen dat iemand, wie dan ook, in hem stelde, nooit beschaamd.’
Vledder stak in een gebaar van wanhoop zijn beide armen omhoog.
‘Wat is dan het motief? Waarom schoot iemand zijn revolver op hem leeg?’
De Cock knikte traag.
‘Een zinnige vraag, waarop ik spoedig een antwoord hoop te vinden.’

De Cock kwam uit zijn stoel overeind.
‘Heb jij gisteravond met onze Golf de knappe Maria van Overloon naar haar appartementje op het Prinseneiland gebracht?’
‘Ja.’
‘Heeft ze onderweg nog iets gezegd?’
‘Je bedoelt over de moord op Peter Karstens?’
‘Uiteraard.’
Vledder trok zijn schouders iets op.
‘Niets van belang. Ze was alleen erg verdrietig en huilde voortdurend. Ik heb nog een moment overwogen om met haar mee naar binnen te gaan, om haar te troosten.’
‘En?’
De jonge rechercheur glimlachte.
‘Het leek mij als gezagsdrager niet verstandig.’
De Cock slofte naar de kapstok en greep zijn hoedje.
Vledder stond op en kwam hem na.
‘Waar ga je heen?’
De Cock draaide zich half om.
‘Ik ga met je mee.’
‘Waar naartoe?’

‘Westgaarde.’
Vledder fronste zijn wenkbrauwen.
‘Wil je toch de sectie bijwonen?’
De Cock schudde zijn hoofd.
‘Ik wil alvast de huissleutels van Peter Karstens.’
‘Waarvoor?’
De Cock gebaarde.
‘Terwijl jij bij dokter Rusteloos de gerechtelijke sectie bijwoont, snuffel ik wat rond in zijn atelier aan de Noordermarkt. De zaak is nog zo mistig. Misschien vind ik een of andere aanwijzing.’
Vledder keek hem schuins aan.
‘Heb je daar,’ vroeg hij grijnzend, ‘de huissleutels van Peter Karstens bij nodig?’
‘Hoe bedoel je?’
‘Je hebt toch jouw apparaatje van Handige Henkie?’
De Cock keek zijn jonge collega verrast aan.
‘Dat gebruik ik alleen als ik geen andere mogelijkheden zie om ergens binnen te komen. Ik kan nu over de echte sleutels van het atelier van Peter Karstens beschikken.’
Vledder trok een beteuterd gezicht.
‘Daar was ik graag bij.’
‘Waarbij?’
‘Dat snuffelen in laden en kasten laat je in de regel aan mij over. Ik heb daar ervaring in.’
De Cock glimlachte.
‘Je hebt gelijk, doen wij dat “snuffelen” straks, na afloop van de sectie, nog eens dunnetjes over... samen.’
Vledder reageerde opgewekt.
‘We kunnen het combineren met een summier buurtonderzoek. Misschien heeft iemand gisteravond vanuit het raam van zijn woning de dader gezien. Het is toch opmerkelijk dat zich nog geen enkele getuige van de schietpartij heeft gemeld.’
‘Zo rond de klok van elf uur ’s avonds is er op de Noordermarkt niet veel meer te beleven.’
Ze verlieten de grote recherchekamer en liepen binnendoor naar de houten steiger achter het bureau. Voor ze in hun Golf stapten, bleef Vledder aarzelend staan.

‘Hoe kom jij straks van Westgaarde naar de Noordermarkt? Neem je de Golf mee?’
De Cock maakte een grimas.
‘Autorijden in een stad als Amsterdam lokt mij niet. Ik ga vanaf Westgaarde wel met de tram.’ Hij stak waarschuwend zijn wijsvinger omhoog. ‘En vergeet niet dokter Rusteloos er op te wijzen dat hij een monster neemt van het bloed op het gebit van de hond.’
‘DNA.’
De Cock knikte.
‘Dee-en-aa. Een toverformule van het vrijwel onuitspreekbare Engelse Desoxyribo Nucleic Acid.’
Vledder stapte soepel naast De Cock in de Golf.
‘Hoe... zei je?’
De Cock grijnsde.
‘Desoxyribo Nucleic Acid, om je tong te breken.’
De oude rechercheur wreef grijnzend over zijn brede kin.
‘Voor ons recherchewerk is in feite alleen van belang het zogenoemde DNA-patroon, het voor elk individu unieke, in alle lichaamscellen voorkomende patroon van DNA-structuren, waarmee iemand aan de hand van een haar, speeksel, bloed enzovoort geïdentificeerd kan worden.’
Vledder startte de Golf en reed van de steiger weg. Hij blikte opzij en trok denkrimpels in zijn voorhoofd.
‘Heb jij in het verleden bij jouw onderzoeken wel eens gebruik gemaakt van DNA?’
De Cock schudde zijn hoofd. Om zijn lippen gleed een besmuikte glimlach.
‘Die mogelijkheid was er nog niet. Wij hadden voor de identificatie alleen de vingerafdruk... meer niet.’ De grijze speurde plukte aan het puntje van zijn neus. ‘Als we in het verleden DNA hadden gekend, dan had ik meer moorden opgelost dan nu.’
Vledder keek hem plagend aan.
‘Hoeveel heb je er noodgedwongen laten liggen... niet opgelost?’
De Cock schoof zijn onderlip naar voren.

'Dat is,' sprak hij aarzelend, 'voor een oude rechercheur een pijnlijke vraag. In twee gevallen heb ik destijds de daders heel dicht kunnen benaderen, maar uiteindelijk heb ik geen sluitende bewijsvoering kunnen leveren.'
'Foutjes gemaakt?'
De Cock schudde zijn hoofd.
'Het lag niet aan mij. Ik had destijds niet meer mogelijkheden. Met gevonden haren, speeksel, bloed en sperma kon men toen nog niet veel. De forensische geneeskunde heeft pas later een grote vlucht genomen.'
'Jammer.'
De Cock knikte traag.
'Die beide oude moordzaken zijn allang verjaard en de daders die ik op het oog had, hebben inmiddels terechtgestaan voor een Rechter die bij Zijn oordeel geen bewijsvoering nodig heeft.'
Vledder fronste zijn wenkbrauwen.
'Ze zijn dood, bedoel je?'
De Cock spreidde zijn handen.
'Ze stierven kort na elkaar.'
Vledder glimlachte.
'Niet meer geschikt voor een cold case-project*.'

De Cock stapte op het Stationsplein uit de tram en kuierde op zijn gemak in de richting van de Noordermarkt. Het begon weer te regenen. De oude rechercheur trok de kraag van zijn regenjas omhoog en schoof zijn vilten hoedje iets naar voren.
Ineens kwam het beeld in zijn herinnering terug van het moment dat hij gisteravond met het schilderij onder zijn rechterarm geklemd het atelier van Peter Karstens verliet... een stille en verlaten Noordermarkt op. Hij twijfelde. Of was de plek niet verlaten... was daar ergens de moordenaar, wachtend op zijn prooi? Had hij de man of vrouw wel gezien, maar niet opgemerkt? De grijze speurder besefte dat zijn waarneming op dat moment mogelijk was vertroebeld door de emotie, het gevoel

* Oude, nog niet verjaarde moordzaken worden aan de hand van moderne DNA-technieken vaak met succes opnieuw onder de loep genomen.

van opwinding door het plotselinge geschenk van zijn vriend. Hij zuchtte diep en verdreef de sombere gedachten naar de rommelige zolderkamer van zijn herinnering.
Op de Noordermarkt bleef De Cock voor de deur van het atelier van Peter Karstens even staan en blikte om zich heen. De regen had op de straat de bloedplekken van de avond tevoren wat verwaterd. Maar ze waren nog duidelijk herkenbaar. Hij deed een paar passen achteruit en keek omhoog naar de ramen die uitzicht boden op de Noordermarkt.
Ineens voelde De Cock een sterk verlangen in zich opborrelen om overal aan te bellen... te vragen om inlichtingen. Na een kort innerlijk gevecht bedwong hij dat verlangen en besloot die taak later op te dragen aan Vledder. Mogelijk met assistentie van Appie Keizer en Fred Prins bood dat meer succes. Met onvaste hand opende hij de deur van het atelier en ging naar binnen.
Na enig zoeken vond hij de schakelaar van het licht. Felle lampen brachten de kleuren van de schilderijen op de vele ezels tot leven. Peter Karstens had de gewoonte om aan meerdere schilderijen tegelijk te werken. De Cock herkende de warme kleuren en de brede schildertrant van Auguste Renoir... zijn favoriete kleurengamma tussen roze en rood. Hij ontdekte ook een Chagall in wording. Hij herkende diens 'double portrait au verve de vin'.
Na een tijdje rondneuzen in het atelier liep hij naar het einde van het vertrek. Via de wenteltrap bereikte hij de smalle gang en zocht met hulp van zijn zaklantaarn de deur naar de hem vertrouwde intieme ruimte met de lage zoldering.
De kaarsen op de tafel waren uitgebrand. Naast een bijna lege fles stond een halfgevuld glas rode wijn. De Cock bescheen het etiket op de fles. 'Château Camansac,'mompelde hij in zichzelf, 'van een gezegend wijnjaar.'
Het ovale licht van zijn zaklantaarn danste door het vertrek. Toen hij de schakelaar van het licht had gevonden, bleef hij plotseling staan. Zijn scherpe gehoor had het geluid van schuivende voetstappen waargenomen. Het kwam van boven. Hij liep terug naar de smalle gang en trok zich langs de trap behoedzaam naar boven.

Midden in het atelier, met zijn rug naar hem toe, stond een breedgeschouderde man. De Cock schatte hem op achter in de veertig. Hij droeg een groene trenchcoat met schouderflappen waar de regen vanaf drupte.
De Cock wachtte tot hij de vloer van het atelier had bereikt. Voorzichtig, op de toppen van zijn tenen, sloop hij dichterbij en tikte de man op zijn schouder.
Als door de bliksem getroffen draaide de man zich om. Zijn onderlip trilde en in zijn blauwe ogen glansden schrik en verbazing.
'Wie... eh, wie bent u?'
De oude rechercheur toonde zijn beminnelijkste glimlach.
'Rechercheur De Cock, met... eh, met ceeooceekaa. Ik ben verbonden aan het politiebureau in de Warmoesstraat. En wie bent u?'
De man aarzelde even.
'Van Eldersloo... Paul van Eldersloo.'
'En wat komt u hier doen?'
'Mijn schilderij ophalen.'
De Cock fronste zijn wenkbrauwen.
'Uw schilderij?'
Paul van Eldersloo knikte.
'Ik heb een afspraak met de schilder hier... met Peter Karstens.'
De Cock keek de man schuins aan.
'Al lang van tevoren gepland?'
De man knikte opnieuw.
'Een paar maanden. Hij zou voor mij een Renoir schilderen. Vanmiddag zou ik dat doek komen afhalen.' Hij wees naar een ezel met een schilderij in warme roze tot rode kleuren erop. 'Dat doek. Dat is mijn Renoir, mijn eigendom. Ik heb Peter Karstens onmiddellijk bij het doen van mijn opdracht betaald.'
De Cock schudde zijn hoofd.
'Dat doek blijft hier. Er gaat hier niets de deur uit.' De oude rechercheur gebaarde om zich heen. 'Al deze werken zijn door mij in beslag genomen en worden ter beschikking van de justitie gesteld.'
Van Eldersloo wond zich zichtbaar op.

'Dat is onzin, pure onzin. Waar is die vent. Waar is Peter Karstens?'
De Cock keek de man strak aan.
'In de hemel... hoop ik. Gisteravond schoot een of andere idioot zijn revolver op hem leeg.'

5

De jonge Vledder kwam loom en met hangende schouders de grote recherchekamer binnen. Hij slofte naar zijn bureau en liet zich puffend in zijn stoel zakken.
De Cock keek hem schattend aan.
'Wat heb je?' vroeg hij spottend. 'Je laatste oortje versnoept?'
Vledder zuchtte diep.
'Het is geen doen meer in de stad,' bromde hij. 'Ik ben bijna vijf kwartier onderweg geweest om van Westgaarde naar de steiger achter ons bureau te komen. Het verkeer loopt overal, waar dan ook, voortdurend vast. Je kunt geen kant meer op. Er zijn ook geen sluipweggetjes meer.'
'Nog even en Amsterdam sterft aan een hartinfarct. Alle aderen slibben dicht,' gaf De Cock toe.
'Absoluut.'
'Hoe was de sectie?'
Vledder trok zijn schouders iets op.
'Dokter Rusteloos mopperde dit keer niet. Hij was echt op dreef. Vier kogels heeft hij uit het lichaam van Peter Karstens gepeuterd. Een van die kogels had zijn hart doorboord. Hij stierf aan inwendige bloedingen.'
'En de hond?'
'Twee kogels in zijn lijf. Ook bij het dier inwendige bloedingen. Volgens dokter Rusteloos heeft de hond niet geleden. De dood kwam snel.'
'Gelukkig. En waar zijn de kogels?'
Vledder maakte een weids gebaar.
'Zijn via de motordienst al onderweg naar het Gerechtelijk laboratorium in Rijswijk.'
'Heel goed. En het DNA?'
De jonge rechercheur glimlachte.
'Dat was nog een hele klus. Dokter Rusteloos ging bij die hond heel voorzichtig te werk. Het biologisch materiaal van de dader

en het slachtoffer, in dit geval dus de hond, moeten zo goed mogelijk worden gescheiden. Als je niet oppast, kunnen deeltjes gaan zweven en dan kan er contaminatie ontstaan.'
De Cock trok zijn neus op.
'Wat kan ontstaan?'
Vledder trok een grijns.
'Contaminatie... besmetting... ongewenste mengprofielen. Het verzamelen van DNA en de wijze waarop dat gebeurt heeft volgens dokter Rusteloos de laatste jaren een sterke ontwikkeling doorgemaakt. Het bloed, gevonden op de tanden van de leonberger, gaat niet naar het Nederlands Forensisch Instituut in Rijswijk, maar naar het nieuwe DNA-laboratorium in IJmuiden. Dat nieuwe lab is door de regiopolitie Kennemerland ingericht.'
'Dat wist ik niet. Heeft het voordelen?' vroeg De Cock hoofdschuddend.
Vledder knikte.
'De wachttijden zijn korter. Het resultaat van het onderzoek is sneller bekend.'
De Cock hield zijn hoofd iets schuin.
'Was dokter Rusteloos van mening dat het bloed op de tanden van de hond van een mens is?'
Vledder maakte een hulpeloos gebaar.
'Ik heb het hem gevraagd, maar volgens Rusteloos valt daar weinig over te zeggen. Dat moet tijdens het laboratoriumonderzoek blijken. De patholoog-anatoom heeft ook DNA-materiaal genomen dat zonder enige twijfel van het dier zelf afkomstig is.'
De Cock knikte begrijpend.
'Hij was bang voor contaminatie.'
Vledder lachte.
'Je leert snel.'
De Cock glimlachte. Hij tastte in een zijzak van zijn colbert, diepte daaruit de sleutels van het atelier van Peter Karstens en wierp ze Vledder toe.
'Bewaar jij die maar.'
Vledder schoof de sleutels in een lade van zijn bureau.
'Heeft jouw snuffelen nog iets opgeleverd?'
De Cock schudde zijn hoofd.

‘Ik ben nauwelijks aan het snuffelen toe gekomen. Ik stond plotseling oog in oog met Paul van Eldersloo.’
Vledder reageerde verrast.
‘Paul van Eldersloo... de directeur van veilinghuis Brilliance of Art?’
‘Ja, die. Het is min of meer mijn eigen schuld,’ sprak hij somber. ‘Ik had de toegangsdeur niet achter mij op slot gedaan. Van Eldersloo is vanaf de straat gewoon het atelier binnengestapt.’
‘Om wat te doen?’
‘Een schilderij ophalen.’
Vledder keek hem niet-begrijpend aan.
‘Wat voor schilderij?’
De Cock gebaarde voor zich uit.
‘Paul van Eldersloo beweert dat hij Peter Karstens veertien dagen geleden de opdracht had gegeven om een Renoir voor hem te schilderen.’
‘En?’
‘Volgens hem was de afspraak dat hij het doek vandaag bij Peter kon ophalen.’
Vledder trok zijn ogen iets samen.
‘Was er een Renoir in het atelier?’
‘Een fraaie, in warme roze en rode kleuren.’ De Cock keek erbij of hij het voor zich zag.
‘Heb je hem die meegegeven?’
‘Ben je gek. Ik heb hem gezegd dat ik de gehele inboedel van Peter Karstens in beslag had genomen.’
Vledder grinnikte.
‘Vroeg hij niet waarom?’
‘Hij werd kwaad en vroeg waar Peter Karstens was. Toen ik hem zei dat een of andere stomme idioot zijn revolver op hem had leeggeschoten toonde hij verwarring.’
‘Wat een onzin,’ gromde Vledder, ‘pure onzin. Paul van Eldersloo wist wel degelijk dat Peter Karstens was vermoord. Zijn medewerker Alfred van der Broek wist het. Die zei over de dood van de schilder “dat komt ons slecht uit”. Dat slechte nieuws zal hij zeker met Van Eldersloo, zijn eigen directeur, hebben besproken.’

De Cock reageerde niet direct.
'Misschien,' formuleerde hij voorzichtig, 'is de relatie tussen Paul van Eldersloo en zijn ondergeschikten niet optimaal.'
'Je bedoelt dat Alfred van der Broek de dood van Peter Karstens voor zijn directeur heeft verzwegen?' Vledder snoof van minachting.
De Cock schokschouderde.
'Het is denkbaar. Mogelijk heeft Alfred van der Broek eerst ruggespraak met anderen gehouden.'
'Ruggespraak over de moord?'
De Cock knikte.
'En de mogelijke gevolgen voor veilinghuis Brilliance of Art.'
Vledder verschoof op zijn stoel.
'Die zaak stinkt,' riep hij geëmotioneerd. Hij fronste zijn wenkbrauwen. 'Had jij het idee dat die Van Eldersloo werkelijk niet op de hoogte was van de dood van Peter Karstens?'
De Cock knikte traag.
'Dat idee had ik. De verwarring op zijn gezicht leek echt, niet gespeeld.'
'Wat heb je met hem gedaan?'
De Cock lachte.
'Niets, helemaal niets. Hij liep zonder zijn Renoir kwaad het atelier uit en ik kon geen rechtsmiddel bedenken om hem daarvan te weerhouden. Wat kon ik hem ten laste leggen?'
Vledder schudde vertwijfeld zijn hoofd.
'We zitten weer midden in een rotzaak,' riep hij klagend. 'Waarom treffen wij nooit eens een mooie, gladde, ronde zaak met een gretig bekennende...' De jonge rechercheur stokte. Er werd op de deur van de grote recherchekamer geklopt. Hij riep: 'Binnen!'
Het klonk niet vriendelijk.
De deur ging open en de deuropening verscheen een al wat oudere man. De Cock schatte hem op ver over de zestig. Hij droeg een doorschijnende plastic cape met capuchon. Wat schuifelend kwam hij naderbij. Bij het bureau van De Cock bleef hij staan.
'Ik wil iets kwijt over de moord op die schilder.'

De Cock gebaarde uitnodigend naar de stoel naast zijn bureau.
'Neemt u plaats.'
De man ging zitten. Het plastic om hem heen knisperde.
'Ik ben niet zo'n man,' begon hij voorzichtig, 'die graag naar de politie stapt om zijn verhaaltje te doen. Ik bemoei me niet graag met dingen die mij niet aangaan. Maar Mien, mijn vrouw, gaf me een zetje. Misschien, zei ze, hebben ze er wat aan in de Warmoesstraat. Die schilder was soms wel eens een pias, maar hij deed geen vlieg kwaad. Om dan iemand zomaar voor zijn...'
De Cock onderbrak hem.
'Wie bent u?'
De man grijnsde.
'Hannes... Hannes van der Laar. Ik woon al bijna mijn hele leven in de Eerste Goudsbloemdwarsstraat.'
'U hebt de moord zien plegen?'
Hannes van der Laar schudde zijn hoofd.
'Ik heb niets gezien. Ik hoorde pas later dat die schilder was vermoord.' Hij zweeg even. 'Kijk, ik ben gepensioneerd van de gemeentetram en om mijn benen niet stijf te laten worden, maak ik een paar maal per dag een rondje naar de Noordermarkt, om de kerk heen naar de Westerstraat en via de Tichelstraat naar de Lindengracht terug naar huis. Nu had ik al een paar maal een gozertje rond het atelier van de schilder zien rondhangen. Dat viel mij op. Een lang, mager gozertje. Een vreemd mannetje. Geen mannetje bij ons uit de buurt.'
De Cock luisterde geduldig.
'Gisteravond,' ging de oude man verder, 'tijdens mijn laatste rondje van de dag zag ik datzelfde gozertje vanuit de richting Noordermarkt op de fiets met een noodgang door de Eerste Goudsbloemdwarsstraat karren. Het leek of de duivel hem op zijn hielen zat. Ik moest opzij springen anders had hij mij subiet van de sokken gereden.'
'Hoe laat was dat?' vroeg De Cock.
'Kwart over elf, halftwaalf.'
'Zou u het gozertje bij weerzien kunnen herkennen?'
Hannes van der Laar knikte nadrukkelijk.
'Absoluut.'

‘Hoe oud schat u hem?’
Van der Laar weifelde even.
‘Een jaar of dertig.’ Hij keek even nadenkend voor zich uit. ‘Wat mij opviel was dat hij telkens wanneer ik hem zag, anders was gekleed. Soms droeg hij een spijkerbroek met een jack en soms een redelijk net kostuum. Soms droeg hij een bril en dan weer niet.’
De Cock boog zich iets naar de man toe.
‘Bent u bereid om ons verder behulpzaam te zijn?’
Van der Laar reageerde wat verward.
‘Hoe?’
‘We hebben aan het hoofdbureau van politie een Herkenningsdienst. Daar willen wij u een paar foto’s laten zien.’
‘Wanneer?’
‘Nu.’
Hannes van der Laar fronste zijn wenkbrauwen.
’Nu?’
De Cock knikte.
‘Als het u schikt?’
‘Moet ik Mien wel even waarschuwen.’
De Cock glimlachte.
‘Uiteraard. We rijden even bij haar langs en we brengen u na afloop ook weer thuis.’

Toen De Cock en Vledder met Hannes van der Laar in hun gezelschap op het hoofdbureau de Herkenningsdienst binnenstapten, keek Hans Rijpkema verrast op. Hij kwam uit zijn bureaustoel overeind en liep breed lachend naar De Cock toe.
‘Ik heb jou,’ grinnikte hij, ‘in geen jaren hier bij de Herkenningsdienst gezien.’
De oude rechercheur grijnsde.
‘Ik los mijn zaakjes ook zonder jullie op.’
Hans Rijpkema blikte naar Hannes van der Laar.
‘Hij moet wel een verrekt belangrijke getuige zijn, dat jullie hem met z’n tweeën naar het hoofdbureau begeleiden.’
De Cock trok zijn gezicht in een ernstige plooi.
‘Dat is de heer Hannes van der Laar. We hopen via hem de moord op Peter Karstens op te lossen.’

Rijpkema liet zijn hoofd iets zakken.
'Ik hoorde vanmorgen,' sprak hij somber, 'van Bram van Wielingen dat Karstens op de Noordermarkt pal bij zijn atelier is neergeschoten. Jammer. Ik was net als Bram van plan om een van mijn kinderen door hem te laten schilderen.'
Rijpkema zweeg even. Hij legde zijn hand vertrouwelijk op de schouder van Hannes van der Laar.
'Ik neem hem onder mijn hoede. Gaan jullie maar terug naar de Kit. Ik bel wel als ik klaar ben.'
De Cock wees naar de oude Van der Laar.
'Hij moet wel naar zijn woning worden teruggebracht. Dat heb ik zijn vrouw beloofd.'
Rijpkema knikte.
'Daar zorg ik voor.'

Vledder legde de hoorn op het toestel terug en overzag zijn reeks aantekeningen.
De Cock keek hem gespannen aan.
'En?'
Vledder keek op.
'Hannes van der Laar heeft iemand herkend. Positief, zonder enige bedenking.'
'Wie?'
Vledder raadpleegde zijn aantekeningen.
'Ene Matthijs van Slooten, oud negenentwintig jaar, wonende in de Haarlemmer Houttuinen nummer achthonderdzevenenzeventig, op de derde etage.'
De Cock gebaarde om zich heen.
'Binnen ons eigen district.'
Vledder knikte.
'Rijpkema heeft een vrij recente politiefoto van die Matthijs van Slooten meegegeven aan de politieman die Hannes van der Laar naar huis brengt. Hij zal die foto beneden bij de wachtcommandant afgeven.'
De Cock glimlachte.
'Rijpkema is een goede collega. Handig. Ik heb jaren geleden hier aan de Warmoesstraat nog met hem samengewerkt.'

De oude rechercheur trok een denkrimpel in zijn voorhoofd.
'Antecedenten?'
'Van die Van Slooten?'
'Uiteraard. Niet van Hans Rijpkema.'
Vledder trok zijn aantekeningen naar zich toe.
'Ongeoorloofd wapenbezit,' las hij hardop. 'In het begin van dit jaar is Matthijs van Slooten door personeel van het derde district gearresteerd als verdacht van poging tot moord. Hij zou 's nachts bij een disco op iemand hebben geschoten.'
De Cock floot tussen zijn tanden.
'Toe maar.'
'Die poging heeft men niet kunnen bewijzen,' zei Vledder.
'Bleef ongeoorloofd wapenbezit over,' was de conclusie van De Cock.
'Het wapen is hem afgenomen.'
'Wat was het?'
'Een revolver van het merk Webley & Scott.'
De Cock grijnsde.
'Zes schoten en een vrije worp.*'
De Cock stond van zijn bureaustoel op en slenterde naar de kapstok.
Vledder kwam hem na.
'Waar ga je heen?'
'Neem je pistool mee. We gaan hem halen.'

De twee rechercheurs stapten op de houten steiger achter het politiebureau in hun oude Golf en reden weg.
Ondanks het late uur was het nog druk op het Damrak. Voor de vele eettentjes die daar de laatste jaren waren opgedoken, was nog ruime belangstelling.
De Cock blikte opzij.
'Heb je de foto bij de wachtcommandant opgehaald?'
Vledder knikte.
'Zo op het oog een gluiperig gozertje,' sprak hij nadenkend.

* Spottende benaming, omdat na het afvuren van zes kogels het geruime tijd vergt om het wapen opnieuw te laden. Blijft de mogelijkheid om met de revolver te gooien.

‘Vuurgevaarlijk. Het is misschien verstandiger om het arrestatieteam in te schakelen.’
De Cock schudde zijn hoofd.
‘We kenden vroeger geen arrestatieteams,’ sprak hij geprikkeld. Die hadden we niet. Voor onze oude garde gold: dop je eigen boontjes.’
Vledder voelde niets voor een twistgesprek over een heikel onderwerp. Hij reed de Golf de Haarlemmer Houttuinen in. De straat leek stil, uitgestorven. Rechts van hen, hoog over een viaduct, gleed een eenzame trein naar het Centraal Station.
Ruim voorbij nummer 877 parkeerde Vledder aan de rand van het trottoir. Ze stapten uit en slenterden terug.
De toegangsdeur tot perceel 877 was gesloten. Naast de deurstijl waren verlichte naambordjes met een bouton Het naambordje van de derde etage was leeg.
De Cock pakte uit de steekzak van zijn regenjas het apparaatje dat hij eens, lang geleden, van zijn vriend en inbreker Handige Henkie had gekregen toen die besloot voortaan het smalle pad van de deugd te bewandelen. Met kennersoog koos de oude rechercheur uit het apparaatje de juiste sleutelbaard en in luttele seconden had hij de deur geopend.
Op het moment dat hij naar binnen wilde stappen, drukte Vledder hem opzij.
De jonge rechercheur pakte zijn pistool uit de holster om de enkel van zijn rechterbeen en hield het wapen omhoog.
‘Ik ga voor,’ sprak hij gebiedend. ‘Gezien ons leeftijdsverschil reageer ik in noodgevallen sneller dan jij. Bovendien ga ik ervan uit dat jij, gewoontegetrouw, geen wapen bij je hebt.’
De Cock zweeg. Vledder volgend hees hij zijn negentig kilo aan een vettige trapleuning omhoog.
De deur van de woning op de derde etage stond bijna geheel open. Uit de keuken viel licht op het portaal. Met zijn pistool in de aanslag stapte Vledder de keuken in. De Cock liep in zijn kielzog. Links leidde een deur naar het woonvertrek. Ook hier brandde volop licht. De kamer leek verlaten. Geen van de fauteuils was bezet. Voorzichtig schuifelden de rechercheurs verder het vertrek binnen.

Voor een geknutselde open haard aan de linkerzijde van de kamer lag, geheel gestrekt, het lichaam van een lange jongeman, zijn armen iets gespreid naast zijn lichaam. De handen staken klauwend omhoog. In een uitdrukking van stomme verbazing staarden zijn wijd opengesperde blauwe ogen in het niets. Rond zijn hartstreek was zijn witte overhemd rood van het bloed.
De Cock knielde met krakende knieën bij de man neer. Hij hield de rug van zijn hand tegen de linkerwang van de jongeman. Daarna blikte hij omhoog naar Vledder.
'Hij is nauwelijks afgekoeld.'
Vledder drukte hem een foto in zijn hand.
'Kijk,' sprak hij hees. 'Geen vergissing mogelijk. Het is Matthijs van Slooten.'
De Cock knikte.
'Iemand heeft hem al bestraft.'

6

Vledder keek zijn oudere collega verwonderd aan.
'Wat zei je... bestraft?'
De Cock knikte nadrukkelijk.
'Zo zie ik dat.'
Vledder kneep zijn ogen halfdicht.
'Denk jij dat deze Matthijs van Slooten werd neergeschoten als vergelding voor de moord op Peter Karstens?'
De Cock kwam steunend uit zijn geknielde houding omhoog.
'Persoonlijk zie ik de moord op deze Matthijs van Slooten als een vergelding... een bestraffing... wellicht zelfs een vorm van gerechtigheid.'
Vledder grinnikte.
'Jij vindt dat de persoon die Matthijs van Slooten neerschoot, in feite een pluim verdient?'
De Cock schudde zijn hoofd.
'Dat gaat me wat te ver,' reageerde hij geprikkeld. 'Gij zult niet doden. Dat is een gebod.' Hij wees naar het slachtoffer. 'Dat geldt ook voor degene die deze man van het leven beroofde.'
Vledder keek hem schattend aan.
'Jij treurt niet om zijn dood?'
De Cock maakte een wrevelig gebaar.
'Wat zeur je toch?' sprak hij afwijzend. 'Het is onze plicht als rechercheur om ook de dader van deze moord te ontmaskeren. Dat heeft met onze persoonlijke gevoelens ten aanzien van dit slachtoffer niets te maken.'
De oude rechercheur zweeg even.
'Bovendien,' ging hij wat rustiger verder, 'behoeft het begrip "vergelding" niet het hoofdmotief voor deze moord te zijn.'
'Wat dan?'
De Cock spreidde zijn beide armen.
'We moeten zeker de mogelijkheid niet uitsluiten,' declameerde

hij, 'dat deze Matthijs van Slooten werd vermoord door de man of de vrouw die hem de opdracht gaf.'
'Tot de moord op Peter Karstens.'
De Cock knikte.
'En dat leidt tot een dubbel motief.'
Vledder reageerde verbaasd.
'Dat begrijp ik niet.'
De Cock glimlachte.
'Dubbel. De opdrachtgever hoeft de uitgeloofde beloning niet te betalen en hij of zij is een gevaarlijke getuige kwijt.'
'Gevaarlijke getuige?'
De Cock zuchtte.
'Het komt in de praktijk dikwijls voor,' legde hij geduldig uit, 'dat de opdrachtgever, ik bedoel degene die aanzet tot moord en daar in de regel een beloning aan verbindt, later door de feitelijke moordenaar met zijn wetenschap wordt gechanteerd.'
Vledder snapte het.
'De huurmoordenaar chanteert later zijn of haar opdrachtgever.'
'Precies.'
'De moordenaar loopt dan toch ook zelf gevaar,' zei Vledder met een denkrimpel in zijn voorhoofd. 'Hij blijft verantwoordelijk voor zijn daad.'
De Cock bracht zijn lippen in een tuitje.
'Dat gevaar is niet zo groot. De moordenaar kan dreigen met een anonieme tip aan de politie of op een andere wijze het aandeel van de opdrachtgever openbaar maken.'
Vledder grijnsde.
'Zodat hij zelf buiten schot blijft.'
'Ja. De gechanteerde opdrachtgever komt in een moeilijk parket. Doet hij aangifte van de chantage bij politie of justitie, geeft hij volledig opening van zaken, dan tekent hij daarmee tevens zijn eigen vonnis.'
Vledder trok een vies gezicht.
'Opdrachten tot moord,' verzuchtte hij, 'leiden tot griezelige verhoudingen.'
'Absoluut.'

De jonge rechercheur pakte zijn mobieltje uit een zijzak van zijn jack en hield het omhoog.
'Wordt het geen tijd, dat we de meute gaan waarschuwen?'
De Cock knikte vaag. Hij blikte om zich heen.
'Kijk of ergens in dit vertrek patroonhulzen liggen. Misschien heeft deze schutter geen revolver maar een pistool gebruikt. Als wij het moordwapen vinden zijn die hulzen later belangrijk voor de bewijsvoering. En wellicht kunnen we uit de vindplaats de plek markeren vanwaar werd geschoten.'
De oude rechercheur wees naar het slachtoffer.
'Ga straks ook op zoek naar de revolver waarmee hij Peter Karstens heeft vermoord. Mannen van zijn kaliber houden van hun wapen en doen daar niet graag afstand van.'
Vledder keek zijn leermeester spottend aan.
'Nog meer?'
De Cock glimlachte.
'Ik heb aan de toegangsdeur van de woning geen sporen van braak of verbreking gezien. Bekijk dat nog even. Het heeft er veel van weg dat Matthijs van Slooten zijn moordenaar zelf heeft binnengelaten.'
Vledder trok zijn wenkbrauwen op.
'Hij vermoedde niet dat hij van zijn bezoeker of bezoekster gevaar had te duchten.'
De Cock stak zijn wijsvinger omhoog.
'Kijk ook zijn garderobe goed na. Die moet redelijk uitgebreid zijn. Volgens Hannes van der Laar verscheen hij op de Noordermarkt steeds in een andere uitmonstering.'
Vledder grinnikte.
'Uit-mon-ste-ring. Wat een woord. Dat heet tegenwoordig "outfit".'
De Cock negeerde de opmerking. Hij wees opnieuw naar de dode man op de vloer.
'Zoek ook eens naar correspondentie. Misschien dat we ergens uit kunnen opmaken wie zijn opdrachtgever was, of opdrachtgevers waren. Er moeten contacten zijn geweest. Ook moet hier ergens nog een bril liggen.'
Vledder zwaaide met zijn mobieltje.

'Ga jij ook nog wat doen?' vroeg hij vertwijfeld.
De Cock grijnsde breed.
'Ik ontvang straks de meute, die jij nu gaat waarschuwen.'

Bram van Wielingen kwam vrij opgewekt het vertrek binnen. De fotograaf legde zijn aluminium koffertje in een fauteuil en liep op De Cock toe.
'Je kwam ditmaal precies op tijd,' sprak hij goedkeurend. 'Ik stond net op het punt om mij uit te kleden en naar bed te gaan.'
'Ik ben blij dat je nog niet sliep,' De Cock glimlachte, 'dan was je weer eens als een furie tegen mij tekeergegaan... zoals steeds, ten onrechte.'
Bram van Wielingen negeerde de opmerking. Hij wees naar het slachtoffer.
'Weet je al wie hij is?'
'Matthijs van Slooten. Hij is, was, vuurgevaarlijk en vrijwel zeker de man die op de Noordermarkt onze kunstschilder vermoordde.'
'Peter Karstens.'
'Ja.'
Van Wielingen trok zijn gezicht strak.
'God straft onmiddellijk.'
De Cock lachte achter zijn hand.
'Vledder en ik hadden al een hele discussie over het begrip vergelding.'
De fotograaf gromde.
'Voor mij mogen ze dat soort knapen zonder enige vorm van proces onmiddellijk afschieten.'
De Cock reageerde niet. Hij wees naar het aluminium koffertje in de fauteuil.
'Schiet de gebruikelijke plaatjes.'
Het klonk als een bevel.
De oude rechercheur draaide zich om. In de deuropening stond dokter Den Koninghe. Achter hem torenden twee onaandoenlijke broeders van de Geneeskundige Dienst met hun onafscheidelijke brancard.

De Cock liep blij op de kleine lijkschouwer toe en schudde hem hartelijk de hand.
'Het spijt me dat ik u weer moet lastigvallen.'
Dokter Den Koninghe trok een stroeve grimas..
'Mijn beroep is lijkschouwer. Een vrije keuze van jaren her. En mensen gaan op de vreemdste momenten dood.' Hij keek naar Bram van Wielingen, die in het dode gelaat van het slachtoffer flitste. 'Bent u met hem klaar?'
De fotograaf knikte en liep met zijn Hasselblad bij het slachtoffer weg.
De kleine lijkschouwer trok zijn broekspijpen iets op en knielde naast het slachtoffer neer. In een teder gebaar sloot hij met duim en wijsvinger de wijd opengesperde ogen. Even voelde hij aan zijn kin. Daarna knoopte hij het witte overhemd los en bekeek de verwondingen.
De oude knieën van dokter Den Koninghe kraakten toen hij opstond. Hij wees naar de verwondingen aan de borst van het slachtoffer.
'Een goede schutter,' sprak hij bewonderend. 'De kogelinslagen zitten op een kluitje dicht bij elkaar. Dat tref je niet vaak aan.'
De Cock glimlachte.
'Dat zou mij vrijpleiten.'
'Hoezo?'
'Ik ben een slechte schutter. Misschien wel de slechtste van ons hele korps.'
De oude lijkschouwer keek hem zonder enige reactie aan.
Geduldig wachtte de grijze speurder tot de lijkschouwer zijn gebruikelijke ceremonie met pochet en brilletje had opgevoerd en het verlossende woord had gesproken.
'Hij is dood.'
De Cock knikte met een glimlach.
'Allang?'
'Een paar uur. Hoogstens. Er is nog geen begin van lijkstijfheid.'
Dokter De Koninghe draaide zich om en verliet tot afscheid wuivend het vertrek.
De Cock riep Bram van Wielingen naar zich toe.

'Hou je camera nog even in de aanslag. Ik wil dat je nog één plaatje schiet.'
'Waar?'
'Wacht maar af.'
De oude rechercheur wenkte de wachtende broeders van de Geneeskundige Dienst naderbij.
'Voordat jullie beiden,' vroeg hij vriendelijk, 'het slachtoffer op de brancard leggen wil ik dat jullie zijn pantalon uittrekken.'
'Zijn pantalon?'
'Ja.'
De oudste broeder keek hem verwonderd aan.
'Waarom?'
'Ik wil zijn benen zien, en zijn billen.'
Getuigend van grote routine maakten de broeders de broek van het slachtoffer los, trokken zijn schoenen uit en schoven de broek aan de pijpen naar zich toe.
De Cock gaf aanwijzingen.
'Til hem aan zijn enkels iets op zodat ik de achterkant van zijn benen en zijn billen kan bekijken.'
De broeders gehoorzaamden gewillig. Toen ze de benen van het slachtoffer zover hadden opgetrokken dat zijn billen zichtbaar werden, wees een van de broeders naar een fikse wond dicht bij de bilnaad.
'Pijnlijk zitvlak,' mompelde hij geschrokken.
De Cock knikte.
'Een felle beet van een leonberger.'

De Cock keek toe hoe de broeders van de Geneeskundige Dienst het slachtoffer, weer met pantalon en schoenen aan, zacht wiegend de kamer uit droegen. Hij dacht met enig cynisme aan het grote aantal slachtoffers van moord dat hij in zijn lange loopbaan bij de recherche al vanaf de plaats delict had zien wegdragen. Hij vroeg zich af of dat ergens werd bijgehouden.
Vledder liep triomfantelijk op hem toe. Hij stak een potlood omhoog dat in de loop van een revolver stak. Zijn gezicht straalde.
'Zo vervoer je toch een vuurwapen om geen sporen op het wapen te bederven?'

De Cock glimlachte.
'Dat heb je goed onthouden. Wat is het voor merk?'
'Een Webley & Scott.'
De Cock grijnsde.
'Daar ging blijkbaar zijn voorkeur naar uit. Zitten er nog kogels in de kamers?'
Vledder schudde zijn hoofd.
'Ze zijn leeg.'
'Munitie gevonden?'
Vledder knikte.
'Vijftig patronen. Maar die zitten alle vijftig nog keurig in de verpakking.'
'Matthijs van Slooten heeft dus zijn revolver gisteravond na de moord niet meer geladen.'
Vledder gniffelde.
'Ik denk dat zijn belangstelling meer gericht was op het behandelen van de wond in zijn achterwerk.'
De jonge rechercheur hield de Webley & Scott opnieuw omhoog.
'Ik zal mijn relaties bij de motordienst aanboren om het wapen en ook de munitie zo snel mogelijk naar het laboratorium in Rijswijk te krijgen. Als bij proeven blijkt dat de kogels in het lichaam van Peter Karstens en in de hond uit dit wapen zijn gekomen, dan hebben we een ronde zaak.'
De Cock schudde zijn hoofd.
'Voor mij is de zaak nog lang niet af.'
Vledder legde het potlood met het wapen even in een fauteuil.
'Wat wil je nog meer?' riep hij bijna boos. 'Binnen een dag kunnen we bewijzen dat Matthijs van Slooten de moord op Peter Karstens pleegde. Dat is toch een geweldig succes. Van zo'n succes kun je als rechercheur alleen maar dromen.'
De Cock krabde zich achter in de nek. 'Ik ben nog niet tevreden. Ik wil het motief kennen. Ik wil de man of de vrouw achterhalen die Matthijs van Slooten heeft ingehuurd om Peter Karstens van het leven te beroven. Dan pas is het voor mij een ronde zaak.'
Vledder reageerde niet. Hij trok plotseling zijn gezicht in een ernstige plooi.

'Ik heb iets vreemds ontdekt,' sprak hij mysterieus. 'Ik zal het je straks laten zien.'
'Wat?'
'In de slaapkamer van Matthijs van Slooten staat een kast waarin hij zijn kleding opbergt. Die kast staat halfopen en op de vloer bij de open kastdeur ligt slordig op een hoopje een mosgroen colbert. Naast dat colbertje vond ik twee pagina's van *De Telegraaf* van vandaag.'
De Cock trok zijn neus iets op.
'Losse pagina's?'
Vledder schudde zijn hoofd.
'De pagina's zijn scherp gevouwen geweest. Dat is duidelijk te zien. In dacht aanvankelijk dat Matthijs van Slooten de pagina's had willen bewaren omdat er iets in stond over de moord op Peter Karstens. Maar dat was niet zo. Toen ik de scherpe vouwen nader bekeek leek het mij toe dat het krantenpapier als verpakkingsmateriaal voor iets was gebruikt.'
De jonge rechercheur zweeg even voor het effect. Hij stak in een priemend gebaar zijn beide wijsvingers recht voor zich uit.
'Onder een van die opengevouwen pagina's lag een bankbiljet van vijftig euro.'
'Laat zien.'
Vledder ging De Cock voor naar de slaapkamer. Hij wees naar het stilleven bij de open kastdeur.
'Ik heb de krantenpagina's en het bankbiljet van vijftig euro teruggebracht tot de situatie zoals ik die had aangetroffen.'
De Cock knikte.
'Ik wil een brommende Bram van Wielingen niet uit zijn bed halen. Maar morgen moet hij dit tafereeltje maar fotografisch vastleggen.'
Vledder keek naar hem op.
'Snap jij er iets van, heb jij er een verklaring voor?'
De Cock wreef over zijn brede kin.
'Ik vermoed, dat in die krantenpagina's het bloedgeld was verpakt dat Matthijs van Slooten van zijn opdrachtgever of -geefster na de moord overhandigd heeft gekregen.'
Vledder grijnsde.

'Dat zal toch meer dan vijftig euro zijn geweest?'
'Aanzienlijk meer.'
'En?'
'Wat en?'
'Waar is dat geld?'
De Cock maakte een weids gebaar.
'Verdwenen... gepakt... gejat door de persoon die zo keurig gericht Matthijs van Slooten drie kogels door zijn hart joeg.'

7

Na enig zoeken vond Vledder aan een minuscuul haakje in de keuken de sleutel van de voordeur. Ze verlieten de kleine woning van Matthijs van Slooten. Vledder sloot de deur slotvast af en stak de sleutel in zijn zak.
'Ik heb voor morgenmiddag,' sprak hij verklarend, 'een afspraak met Ben Kreuger van de dactyloscopische dienst. Hij kon zich niet eerder vrijmaken. Het personeelstekort bij hen is nog steeds niet opgelost. Er zijn geen mensen te vinden om het tekort op te vangen.'
De Cock snoof.
'Zolang ik mij kan herinneren,' gromde hij, 'beloven alle politieke partijen bij de aanloop naar de verkiezingen met grote stelligheid dat de politie op korte termijn aanzienlijk zal worden uitgebreid en dat de veiligheid van de burger wordt gegarandeerd.'
Hij trok een grijns.
'Maar het personeelstekort bij de Amsterdamse politie bestaat, zoals ik weet, al zeker veertig jaar.'
Hij gromde opnieuw, minachtend.
'Veiligheid... vraag eens aan de vele slachtoffers van beroving hoe het voelt: een mes op je keel en een vreemde hand aan je portefeuille.'
De rechercheurs zakten beiden mopperend drie trappen af en sloften naar hun oude Golf. Somber zwijgend stapten ze in en reden van de Haarlemmer Houttuinen weg.
Het was weer gaan regenen. Dikke, vette regendruppels kletsten tegen de voorruit en trommelden op het dak.
Vledder zette de ruitenwissers aan en De Cock liet zich diep onderuitzakken. Om de hypnotiserende aanblik van de zwiepende ruitenwissers te ontwijken schoof hij de rand van zijn hoedje tot op de rug van zijn neus. Na een poosje schoof hij zijn hoedje terug en blikte schuin omhoog.

‘Geen correspondentie gevonden?’
Vledder schudde zijn hoofd.
‘Er was in de hele woning geen brief te vinden, geen kladje. Er was ook geen lijstje met telefoonnummers. Geen rekeningen, niets. Ongewoon. Matthijs van Slooten had zelfs geen telefoonaansluiting.’
‘Vreemd.’
‘Och, met een mobieltje heb je geen vaste aansluiting meer nodig.’
De Cock grinnikte.
‘Misschien was hij analfabeet. Die komen in ons landje nog steeds veelvuldig voor.’
‘Ongelofelijk.’
‘We moeten morgenochtend maar eens met het bevolkingsregister bellen. Mogelijk dat er familieleden bestaan die iets over hem kunnen zeggen. En neem ook eens contact op met de rechercheur van het derde district, die in het begin van dit jaar de schietpartij heeft behandeld waarvan Matthijs van Slooten werd verdacht.’
Vledder keek schuin op zijn oude leermeester neer.
‘Je bent vandaag wel scheutig met je opdrachten.’
De Cock drukte zich iets omhoog, grijnsde breed, maar gaf verder geen commentaar.
Vledder parkeerde de Golf op de steiger achter het bureau. Via de Oudebrugsteeg bereikten ze de Warmoesstraat, zoals ze dat al honderden, zo niet duizenden keren gedaan hadden. Toen ze de hal van het politiebureau binnenstapten wenkte Jan Rozenbrand De Cock met een kromme vinger.
De oude rechercheur stapte loom op hem toe.
‘Toch geen nieuwe zaken?’ vroeg hij wat vermoeid.
De wachtcommandant glimlachte.
‘Er zit boven een jonge vrouw op je te wachten.’
‘Op mij?’
Jan Rozenbrand knikte.
‘Ze vroeg naar rechercheur De Cock. En zover ik weet hebben we daar maar één van.’
De oude rechercheur keek op zijn horloge.

‘Het is halftwaalf.’ In zijn stem trilde ergernis. ‘Mag ik ook eens een keer naar huis.’
Jan Rozenbrand maakte een verontschuldigend gebaar.
‘Ik had via het hoofdbureau gehoord dat je om de meute had gevraagd. Ik weet wat dat betekent en verwachtte jou niet zo gauw terug. Dat vertelde ik haar, maar ze stond erop te blijven wachten.’
‘Wanneer was dat?’
‘Een goed uur geleden.’
‘Dus ze zit al een uur op mij te wachten?’
‘Minstens.’
De Cock draaide zich om en besteeg moeizaam de trappen naar de tweede etage.
Vledder volgde met lichte tred.

Op de bank bij de deur van de grote recherchekamer zat een jonge vrouw. Toen ze De Cock in het oog kreeg stond ze op en liep langzaam naar hem toe.
De Cock schatte haar op achter in de twintig. Ze had een lief, vriendelijk gezicht, een matbleke huid en grote donkerbruine ogen. Haar blonde haren lagen nat en geplakt op haar hoofd. Een te ruime beige regenmantel verborg al haar vormen. Met een wat melancholieke blik keek ze naar de grijze speurder op.
‘U bent rechercheur De Cock?’
De grijze speurder knikte.
‘De Cock met... eh, met ceeooceekaa.’
Er gleed een glimlach om haar lippen.
‘Ze zeiden dat u zo zou reageren.’
‘Wie zeiden dat?’
Ze wuifde wat vaag in de ruimte.
‘Mijn vader en mijn moeder. Op hun aanraden ben ik naar de Warmoesstraat gegaan om u te consulteren. Vader wilde aanvankelijk met mij meekomen, maar dat heb ik geweigerd. Ik heb mijzelf in de problemen gebracht, ik moet er ook zelf weer uitkomen.’
De Cock glimlachte.
‘Door mij te consulteren?’

Ze knikte nadrukkelijk.
'Ik wil uw raad.'
De Cock ging haar voor naar de recherchekamer en liet haar op de stoel naast zijn bureau plaatsnemen. Ze knoopte haar regenjas los en sloeg die iets terug. De oude rechercheur bezag haar fraaie buste, die door een zwart, nauwsluitend bloesje priemde.
'Wie bent u?'
Ze verschoof iets op haar stoel.
'Barbara... Barbara van Tollebeek.'
'Waar woont u?'
'Bij mijn ouders op de Brouwersgracht in een tot appartementen omgebouwd pakhuis.'
'Dat oude pakhuis ken ik,' zei De Cock. 'De Brouwersgracht is voor mij bekend terrein.'
Hij boog zich iets naar haar toe en schonk haar zijn beminnelijkste glimlach.
'Ik ben klaar voor het consult.'
Barbara van Tollebeek weifelde even.
'Zal ik bij het begin beginnen?'
De Cock plukte aan het puntje van zijn neus.
'Dat lijkt mij zinvol.'
Ze wreef zich even in de handen.
'Ik... eh, ik heb,' begon ze voorzichtig, 'begin van dit jaar in een discotheek een jongen leren kennen. Ik vond hem wel aardig. We hebben samen wat gedanst en na enige tijd vroeg hij of hij mij naar huis mocht begeleiden. Ik had daar geen bezwaar tegen. Integendeel. Ik voelde mij gevleid.'
Ze nam een kleine pauze.
'We hadden net de disco verlaten,' ging ze verder, 'toen er buiten op straat ergens een schot klonk. Er was bijna onmiddellijk politie ter plaatse. Blijkbaar verwachtte men al enige tijd narigheid in en om die discotheek. De jongeman van wie ik u vertelde, werd gefouilleerd. Toen ze bij hem een wapen vonden, werd hij gearresteerd.'
'Op grond waarvan?'
Barbara van Tollebeek stak haar handen met gespreide vingers open naar voren.

'Ze verdachten hem ervan dat hij de man was die had geschoten.'
Ze schudde heftig haar hoofd.
'Dat was niet waar. Hij had het wapen dat hij bij zich had in mijn bijzijn niet gebruikt.'
De Cock keek Barbara onderzoekend aan.
'Daarvan hebt u bij de recherche van het derde district een getuigenis afgelegd?'
Barbara van Tollebeek knikte nadrukkelijk.
'Hij is ook na een dag weer vrijgelaten.'
De Cock knikte begrijpend.
'En sindsdien hebt u contact met hem onderhouden?'
'Ja.'
'Tot wanneer?'
'Wat bedoelt u?'
'Hebt u nog contact met hem?'
Barbara liet haar hoofd zakken. Haar natte blonde haren gleden als een gordijn voor haar gezicht.
Toen ze na enige tijd weer opkeek, had ze tranen in haar ogen.
'Tot... eh, tot... eh,' ze stotterde, 'tot vanmiddag.'
De Cock liet van zijn vermoedens niets merken.
'Hij... eh, hij verbrak de omgang?'
Het was een overbodige vraag.
Barbara schudde haar hoofd.
'Iemand zorgde ervoor dat ik nooit meer contact met hem zou kunnen hebben.'
De Cock veinsde onbegrip.
'Wie zorgde voor wat?'
Barbara bracht haar handen voor haar gezicht.
Haar lichaam schokte.
De Cock wachtte geduldig tot ze wat rustiger werd en haar handen van haar gezicht wegnam.
'Wie zorgde ervoor dat u nooit meer contact met hem zou kunnen hebben?'
Barbara van Tollebeek schudde haar hoofd.
'Ik... eh, ik weet niet wie hem heeft vermoord.'
De Cock fronste zijn wenkbrauwen.

'Vermoord?'
Barbara knikte traag.
'Matthijs... zo heet hij... Matthijs van Slooten. Hij heeft een kleine woning op de derde etage in de Haarlemmer Houttuinen. We hadden afgesproken dat ik vanmiddag na mijn werk bij hem zou komen.'
'Hoe laat?'
'Halfzes. Ik werk tot vijf uur. Matthijs had mij een sleutel gegeven van de buitendeur. Ik ging de trap op naar zijn etage. Daar vond ik tot mijn verbazing de deur van zijn woning openstaan.'
'Dat vond u vreemd?'
Barbara knikte.
'Ik kreeg onmiddellijk het gevoel dat er iets was gebeurd. In eerste instantie dacht ik aan inbraak. Voorzichtig, op alles voorbereid, ging ik naar binnen.'
Ze ademde diep.
'Toen vond ik hem. Hij lag bij de haard, die hij zelf had gemetseld. Ik zag meteen dat hij dood was... zijn hemd vol bloed en zijn ogen... zijn grote blauwe ogen starend in het niets.'
'Wat hebt u gedaan?'
Barbara slikte.
'In paniek ben ik weggerend, de trap af en hollend naar huis. De afstand tussen de Brouwersgracht en de Haarlemmer Houttuinen is niet zo groot.'
'Thuis hebt u alles aan uw ouders verteld?'
'Ja. Ik was al eens eerder bij Matthijs op bezoek geweest. Dat wisten mijn ouders. Mijn vader was nu bang dat bij het onderzoek van de recherche in de woning van Matthijs mijn vingerafdrukken zouden worden gevonden... zodat ik mogelijk van de moord op Matthijs kon worden verdacht.'
De Cock trok een ernstig gezicht.
'Een verstandig man, uw vader.'
Barbara knikte.
'Na ampele overwegingen raadde mijn vader mij aan om mij met u in verbinding te stellen. Volgens hem was u, rechercheur De Cock van het oude bureau Warmoesstraat, een vakbekwaam en betrouwbaar man.'

De oude rechercheur onderging de lof gelaten.
'Werkte Matthijs van Slooten?'
Barbara schudde haar hoofd.
'Matthijs heeft een handicap.'
'Lichamelijk?'
'Nee... Matthijs is nooit op school geweest. Hij kan niet lezen en schrijven. Ik ben al maanden bezig om hem enig begrip van taal bij te brengen.'
'Dat lukte?'
'Redelijk.'
'Wat waren uw plannen?'
'Hoe bedoelt u?'
'Toekomstverwachtingen?'
Barbara zuchtte. Er gleed een smartelijke trek over haar gezicht.'
'We hadden trouwplannen.'
De Cock keek haar scherp onderzoekend aan.
'Trouwplannen?' herhaalde hij verrast.
'Ja. Ik heb Matthijs een tijdje geleden al aan mijn ouders voorgesteld. Ze vonden hem wel een aardige jongen. Ik heb hun ook mijn plannen uitgelegd. Ik werk al jaren op een gerenommeerd advocatenkantoor en heb een redelijk goed salaris. Daar zouden Matthijs en ik best samen van kunnen rondkomen.'
De Cock hield zijn hoofd iets schuin.
'Hoe... eh, hoe reageerde Matthijs op uw plannen?'
Het gezicht van Barbara versomberde.
'Matthijs vond zichzelf voor mij niet zo'n beste huwelijkskandidaat.'
De Cock toonde verbazing.
'Waarom niet? Hij had geen lichamelijke gebreken en u bent een aantrekkelijke jonge vrouw.'
Barbara van Tollebeek sloot even haar ogen.
'Ik denk,' formuleerde ze voorzichtig, 'dat Matthijs het niet zo'n prettig idee vond om volledig van mij afhankelijk te zijn. Ik denk dat hij ook een eigen inbreng in ons huwelijk wilde.'
'Een financiële inbreng?'
'Ja.'

‘Hoe?’
Barbara staarde even voor zich uit. Er gleed een glimlach om haar volle lippen.
‘Matthijs was de laatste tijd nogal optimistisch. Hij sprak over een bruidsschat.’
De Cock trok zijn neus op.
‘Een bruidsschat is het geld of goed dat een bruid mee ten huwelijk brengt.’
‘Dat weet ik,’ zei Barbara, ‘maar de taalkennis van Matthijs is gering. Hij bedoelde een schat die hij als man bij ons huwelijk zou kunnen inbrengen.’
De Cock kauwde even op zijn onderlip.
‘Hoe... eh, hoe kwam hij aan die bruidsschat?’
Barbara maakte een hulpeloos gebaar.
‘Dat weet ik niet.’ Haar stem trilde een beetje. ‘Matthijs deed daar nogal geheimzinnig over.’
De Cock snoof.
‘Zo’n bruidsschat komt toch niet uit de lucht vallen?’
Barbara gebaarde afwerend.
‘Wanneer ik het onderwerp “bruidsschat” aanroerde, werd Matthijs kriegelig, bits. Hij wilde er niet over spreken. Ik heb het onderwerp toen maar laten rusten.’
De Cock boog zich weer iets naar haar toe.
‘U bent een intelligente jonge vrouw,’ sprak hij nadrukkelijk. ‘U zult toch geïnteresseerd zijn geweest naar de herkomst van die zogenaamde bruidsschat?’
Barbara liet haar hoofd iets zakken.
‘Natuurlijk was ik dat. Maar Matthijs was in zijn beleving vaak een groot kind, bij wie realiteit en fictie niet altijd scherp zijn gescheiden. Ik heb wel eens aan de mogelijkheid gedacht dat Matthijs in de overtuiging leefde dat hij een grote prijs in de loterij zou winnen.’
De Cock schonk haar een meelijwekkend lachje.
‘Kinderlijk.’
Barbara reageerde ongewoon fel.
‘Zo is... zo was Matthijs. Onvolwassen... met de emoties van een puber. Ik heb bij mijzelf wel eens een analyse gemaakt

waarom ik van hem hield, en ik kwam tot de conclusie dat juist dat kinderlijke in hem mij zo aantrok... zijn geestelijke onvolwassenheid.'
De Cock keek haar verward aan.
'Is dat een aantrekkelijk facet?'
'Voor mij wel,' zei Barbara met een strak gezicht.
De Cock nam een kleine pauze. Hij streek met zijn volle hand over zijn brede kin. Hij voelde dat hij het moment had bereikt dat hij opening van zaken diende te geven, dat hij de jonge vrouw niet langer met zijn verhoor mocht pijnigen.
'Ik heb het vermoeden, liever gezegd ik weet vrijwel zeker hoe Matthijs verwachtte zijn bruidsschat te kunnen verwerven.'
De jonge vrouw keek hem gespannen aan.
'Ja?'
De Cock knikte.
'Bloedgeld. Matthijs van Slooten heeft, ik weet nog niet in opdracht van wie, gisteravond op de Noordermarkt de kunstschilder Peter Karstens vermoord en diens waakhond doodgeschoten.'
Barbara van Tollebeek keek hem met open mond aan. Haar ogen rolden in de kassen. Bevend liet ze haar armen op het bureau van De Cock vallen.
'Het is niet waar... het is niet waar... het is niet waar...'
Ze herhaalde het als een echo.

8

De Cock sloeg zijn armen over elkaar en wachtte geduldig tot Barbara van Tollebeek weer enigszins tot bedaren was gekomen. Hij wist uit ervaring dat het wegebben van een explosie aan emoties enige tijd vergde. Zo nu en dan keek hij bezorgd in haar richting. Haar herhaalde kreet 'het is niet waar' verstomde.
Langzaam veranderde haar houding. De zachte, lijdzame trekken in haar gezicht verdwenen en verhardden. Haar huid werd strakker. Het was alsof ze van gedaante veranderde... alsof ze geheel metamorfoseerde. Met een scherpe blik keek ze de grijze speurder uitdagend aan.
'Wat voor bewijzen heeft u,' vroeg ze bijna ijzig.
'Wat bedoelt u?'
'Bewijzen dat Matthijs een moord heeft begaan?'
De veranderde opstelling van Barbara van Tollebeek bracht De Cock enigszins in verwarring.
'Wij... eh, wij zijn,' sprak hij aarzelend, 'Matthijs van Slooten op het spoor gekomen door een man die hem enige dagen achtereen op de Noordermarkt, in de luwte van de hervormde kerk, had opgemerkt.'
De lippen van Barbara vormden een smalle lijn.
'En?'
De Cock spreidde zijn handen.
'Het slachtoffer, de kunstschilder Peter Karstens, woonde op de Noordermarkt en had daar ook zijn atelier. Blijkbaar heeft Matthijs van Slooten het gedrag van de kunstschilder eerst enige tijd geobserveerd voor hij op het juiste moment toesloeg.'
Barbara van Tollebeek wuifde nonchalant voor zich uit.
'Dat is uw interpretatie,' reageerde ze minachtend. 'En niet meer dan dat.'
De Cock knikte traag.

'Dat is volkomen juist... een interpretatie. Maar er is meer. We hebben in zijn woning aan de Haarlemmer Houttuinen een revolver gevonden, een Webley & Scott. Uit proeven in het Gerechtelijk laboratorium in Rijswijk zal blijken dat de kogels die Peter Karstens en zijn hond troffen, met deze Webley & Scott zijn afgevuurd.'

Barbara van Tollebeek snoof.

'Zal blijken,' herhaalde ze op verachtelijke toon. 'Dat heb ik toch goed gehoord? U zei: zal blijken. In feite hebt u nog geen enkele vorm van bewijs. Mijn vriend Matthijs was een wapengek. Hij was verzot op vuurwapens... vooral revolvers. Hij noemde zijn Webley & Scott een brave vriend.'

Ze schudde verwoed haar hoofd.

'Maar die bezetenheid bestempelt hem nog niet tot moordenaar. Altijd, of we nou naar de bioscoop gingen of naar een restaurant, Matthijs stak altijd zijn wapen bij zich. Het was een gewoontegebaar van hem.'

De Cock maakte een afwerend gebaar.

'Staak je verzet, Barbara. Geloof me, het heeft geen enkele zin. Jouw halsstarrige houding leidt tot niets. De hond die door Matthijs werd doodschoten, had hem kort tevoren in zijn bil gebeten. Ik heb de beet van die hond, de wond aan de bil van Matthijs van Slooten, gezien. Ik heb ook het bloed gezien op de tanden van de dode hond. Ik heb er vertrouwen in dat uit tests zal blijken dat de DNA-patronen van beide bloedmonsters overeenstemmen.'

De oude rechercheur pauzeerde even.

'Het wettig en overtuigend bewijs,' ging hij rustig verder, 'dat jouw vriend Matthijs verantwoordelijk is voor de dood van Peter Karstens de kunstschilder en zijn hond, zal ik zeker kunnen leveren. Absoluut. Het is gewoon een kwestie van tijd.'

Barbara van Tollebeek stak haar kin iets omhoog.

'Daar wacht ik dan op.'

De Cock maakte een hulpeloos gebaar.

'Jij, Barbara van Tollebeek, vormt zelfs een deel van mijn bewijsvoering.'

'Ik?'

De Cock knikte nadrukkelijk.
'De bruidsschat die Matthijs verwachtte als inbreng bij jullie huwelijk.'
'Wat is daarmee?'
'Die bruidsschat van Matthijs van Slooten zal zeker aan mijn bewijsvering bijdragen, een bewijs dat hij geld verwachtte voor een nog te plegen moord.'
Barbara van Tollebeek verschoof iets op haar stoel.
'Ik zal daar officieel nooit een verklaring over afleggen,' reageerde ze fel. 'Ik bijt liever mijn tong af.'
De Cock boog zich iets naar haar toe. In zijn ogen lag een haast smekende blik.
'Jouw vader en moeder sturen je naar mij toe voor een advies. Zelf vraag je mij om raad. Die raad geef ik je. Accepteer dat Matthijs van Slooten een moord pleegde voordat hij zelf werd vermoord.'
Barbara van Tollebeek reageerde niet direct. Ze keek De Cock secondelang strak aan.
'En dan?'
'Wat bedoel je?'
'Als ik dat gegeven accepteer?'
De Cock liet een glimlach om zijn lippen zweven.
'Dan gaan jij en ik op zoek naar de moordenaar van Matthijs, naar de mensen die hem met een mooie belofte van veel geld tot moord hebben uitgelokt.'
Barbara hield haar hoofd iets schuin.
'Daar gelooft u in?'
De Cock knikte heftig.
'Absoluut.' Hij wees met een bezwerende hand in haar richting. 'Begrijp,' sprak hij dwingend, 'dat hij die moord feitelijk pleegde uit liefde voor jou, uit een wellicht misplaatst eergevoel... een drang om een volledige partner van jou te zijn.'
'Stommeling.'
De Cock liet zijn hoofd iets zakken. Hij keek voor zich uit naar zijn open handen. Hij hield niet van verhoren vol van sentimenten. Ze vraten zijn ziel op. Na enige tijd keek hij haar opnieuw aan.

'In het begin van ons onderhoud vanavond,' begon hij voorzichtig, 'heb jij jezelf aan mij gepresenteerd als een zachte, lieve wat naïeve jonge vrouw. Het was een pose. Ik heb aan dat beeld dat jij van jezelf schetste nooit een moment geloofd.'
Barbara schudde haar hoofd.
'Ik heb mij niet anders voorgedaan, dan ik ben.'
De Cock negeerde haar opmerking.
'Toen Matthijs van Slooten,' ging hij rustig verder, 'voor de eerste keer met jou over zijn zogenaamde bruidsschat sprak, was jij niet zo naïef om te denken dat Matthijs dacht dat hij spoedig een grote prijs in de loterij zou winnen. De bruidsschat waarover Matthijs sprak, moest, en dat begreep jij deksels goed, uit een geheel andere bron komen.'
De oude rechercheur boog zich dichter naar de jonge vrouw toe.
'Waar?'
Barbara liet haar hoofd iets zakken. Het was alsof ze haar antwoord overwoog. Na enkele seconden knikte ze traag.
'Waar.'
De Cock slaakte een zucht.
'Goed,' sprak hij berustend. 'En wat heb jij gedaan om achter het geheim van die bruidsschat te komen?'
Barbara had duidelijk moeite met haar bekentenis.
'Het... eh, het was laf wat ik deed,' sprak ze bijna fluisterend. 'Heel geniepig. Dom... achterbaks. Jegens Matthijs een grove blijk van wantrouwen.'
'Wat?'
Barbara keek de grijze speurder aan. Haar onderlip trilde.
'Ik... eh, ik heb hem een paar maal gevolgd. Ik heb gekeken waar hij heen ging en ik wilde weten met wie hij contact had. Ik heb hem ook op de Noordermarkt zien staan... bij de achteringang van de hervormde kerk. Ik begreep niet wat hij daar te zoeken had. Ik heb hem dat ook nooit durven vragen.'
'Waarom niet?'
Over haar gezicht gleed een smartelijke trek.
'Ik had hem dan moeten opbiechten dat ik stiekem zijn gangen naging. Dat wilde... dat durfde ik niet.'

'Dat begrijp ik,' sprak De Cock haast vaderlijk.
Barbara sloeg haar handen voor haar gezicht. Toen ze haar handen weghaalde, stonden haar ogen vol tranen.
'Geen moment,' riep ze snikkend, 'geen moment is de gedachte bij me opgekomen dat Matthijs bezig was een moord te beramen. Geen moment. Als ik daar ook maar een flauw vermoeden van had gehad, dan had ik dat rotding toch van hem afgenomen.'
'Zijn revolver?'
'Ja.'
De Cock leunde wat vermoeid achterover.
'Heb je tijdens jouw speurtochten nog gezien met wie Matthijs contact had?
Barbara knikte traag. Ze tastte in de zakken van haar mantel, nam daaruit een foto en schoof die De Cock toe.
'Heb ik stiekem genomen. Op het Rembrandtplein. De foto is niet erg scherp. Ik moest het snel doen. Het is ook maar een print uit mijn computer. Maar de man met wie Matthijs daar op het terras zat, is toch wel te herkennen.'
De oude rechercheur bekeek de al wat beduimelde onscherpe kleurenfoto van een man, zittend achter een tafeltje met een glas bier.
'Welk terras was het?'
'Dat weet ik niet. Daar heb ik niet op gelet. Misschien kan ik het u wijzen.'
'Wie is die man?'
Barbara schudde haar hoofd.
'Geen flauw idee.
'Wanneer vond die ontmoeting plaats?'
'Vorige week zaterdag. Ik was vrij en kwam bij hem op bezoek. Ik had mijn digitale camera meegenomen om foto's van ons te maken.'
'In de Haarlemmer Houttuinen?'
Barbara knikte.
'Tot mijn verwondering stond Matthijs met zijn jas aan bij zijn eigen voordeur. Hij begroette mij niet eens behoorlijk. Hij keek op zijn horloge. "Ik heb om twee uur een afspraak," zei hij wat

verward. "Maak intussen maar wat lekkers klaar. Binnen een uurtje ben ik wel terug." '
'Toen ben je hem gevolgd?'
'Ja, Matthijs heeft geen auto en geen fiets. Hij doet alles te voet.'
Om haar volle lippen gleed een grijns.
'En... hij kijkt nooit om.'

Toen Barbara van Tollebeek de grote recherchekamer had verlaten, boog Vledder zich ver voorover en pakte de foto van het bureau van De Cock. Hij liet zich terugvallen in zijn stoel en bekeek de man op de foto aandachtig.
'Een gewone vent.'
De Cock lachte.
'Wat had je dan gedacht? Een man met hazenlip, een scheve neus of een dikke bult op zijn voorhoofd? De plastische chirurgie heeft voor de politie alle mooie signalementen bedorven.'
Vledder gromde.
'Hoe komen wij erachter wie die kerel is?'
De Cock schoof zijn onderlip naar voren.
'Dat is niet eenvoudig. We kunnen onze fotografisch dienst vragen om het beeld wat te verbeteren, maar daar schieten we niet veel mee op.'
De oude rechercheur trok een denkrimpel in zijn voorhoofd.
'Ik heb een moment overwogen om Barbara op het Rembrandtplein het terrasje aan te laten wijzen waar zij die foto heeft genomen.'
'En?'
'Ik zie er maar vanaf.'
'Waarom?'
De Cock trok een schoolmeestersgezicht.
'Als je met de foto van die man op het Rembrandtplein gaat leuren, loop je kans dat je de foto laat zien aan iemand die de betrokkene persoonlijk kent en hem waarschuwt dat wij belangstelling voor hem hebben. Dat wil ik per se voorkomen.'
Vledder schoof de foto naar De Cock.

'Hoe wil je er dan achter komen wie die man is?'
De oude rechercheur tikte met zijn wijsvinger op de beduimelde foto.
'Maria van Overloon.'
'De vriendin van Peter Karstens?' vroeg Vledder verrast.
'Matthijs van Slooten werd, zo neem ik aan, benaderd door iemand die er belang bij had dat Peter Karstens uit dit aardse tranendal verdween.' De Cock tikte opnieuw op de foto. 'Als ons vermoeden juist is, dan moet er tussen hem en Peter Karstens een relatie hebben bestaan. En wie kan ons daarover inlichten?'
Vledder grijnsde.
'Maria van Overloon.'
De Cock knikte.
'Bel haar morgenochtend op en vraag of ze even bij ons aan de Warmoesstraat wil komen.'
'Morgenochtend?'
De Cock wees naar de grote klok boven de deur van de grote recherchekamer.
'Het is bijna twee uur. We kunnen Maria van Overloon toch niet midden in de nacht naar ons toe laten komen om haar een fotootje te laten zien.'
'Kunnen we niet beter naar haar toe gaan?'
De Cock schudde zijn hoofd.
'Ik wil niet dat iemand ons daar herkent en zich afvraagt wat wij aan het doen zijn. Het is volgens mij beter dat voorlopig niemand weet waar Maria verblijft.'
Vledder fronste zijn wenkbrauwen.
'Waar ben je bang voor?'
De Cock zuchtte.
'Zolang wij niet weten waarom Peter Karstens werd vermoord, mogen wij haar leven niet in de waagschaal stellen. Peter moet een dwingende reden hebben gehad om haar uit de gevarenzone te houden.'

De Cock liet zich in de stoel achter zijn bureau zakken. Hij keek naar Vledder, die achter zijn computer zat.

'Heb je haar gebeld?'
De jonge rechercheur stopte even en knikte.
'Ze heeft beloofd om tien uur hier te zijn.'
De Cock keek op zijn horloge.
'Dan ben ik net op tijd.'
Maria van Overloon kwam in een natte zwarte regenmantel de grote recherchekamer binnen. Ze nam haar hoedje in de vorm van een zuidwester af en sloeg het uit. Regendruppels kletsten tegen het balatum. Ze liep naar het bureau van De Cock en bleef daar staan.
'Weet u al wie Peter vermoordde?'
De Cock antwoordde niet. Hij gebaarde naar de stoel naast zijn bureau.
'Ga zitten,' sprak hij vriendelijk.
Maria liep naar de kapstok en deed haar natte regenjas uit. In een keurig, nauwsluitend zwart mantelpakje stapte ze terug naar De Cock en ging zitten. Ze frommelde even aan haar kraagje.
'Gistermorgen gekocht. Peter wordt overmorgen begraven. Ik had nooit zwart in mijn garderobe.'
'Het staat je goed.'
Maria van Overloon schonk hem een droeve grijns.
'Zwart is mijn kleur niet.'
'Waar wordt hij begraven?'
'Op Zorgvlied, om twee uur. Bij zijn moeder in een eigen graf. Ik reken erop dat u ook komt.'
'Ik kom,' antwoordde De Cock bedaard.
Maria verschoof iets op haar stoel.
'Weet u al iets?'
De Cock aarzelde even.
'Wij weten wie Peter en zijn hond vermoordde.'
Ze reageerde verrast.
'Werkelijk?'
'Ja.'
'Wat hebben jullie met hem gedaan?'
De Cock schudde zijn hoofd.
'Niets.'

‘Niets?’ Verward keek ze hem aan.
De Cock wreef even met zijn vlakke hand over zijn gezicht.
‘Toen we hem vonden was hij dood.’
‘Vermoord?’
De Cock knikte.
‘Iemand schoot drie kogels door zijn hart.’
‘Wie?’
De Cock trok zijn schouders op.
‘Geen flauw idee.’
‘Weet u waarom die man op Peter schoot?’
De Cock antwoordde niet direct.
‘Wij vermoeden,’ formuleerde hij toen voorzichtig, ‘dat hij dat deed in opdracht van iemand die hem daarvoor veel geld beloofde.’
‘Een huurmoordenaar.’
De Cock tuitte zijn lippen.
‘Zo zou je hem kunnen noemen.’
‘Lafbek!’ zei ze fel.
De Cock maakte een hulpeloos gebaar.
‘Huurmoordenaars zijn ook mijn vrienden niet.’
Maria van Overloon keek hem uitdagend aan.
‘En nu?’
‘Wat?’
‘Onderzoek gesloten?’
De Cock schudde zijn hoofd.
‘Wij hebben een beduimeld fotootje van de man met wie die huurmoordenaar contact heeft gehad. Dat fotootje wilden wij jou graag laten zien. Het is een slechte opname, in grote haast genomen. Hij is een beetje onscherp, maar volgens mij is de man wel te herkennen.’
Maria strekte haar rug.
‘Laat zien!’ antwoordde ze scherp.
De Cock nam de foto uit de lade van zijn bureau. Terwijl hij haar gezicht scherp in de gaten hield, schoof hij de foto langzaam naar haar toe. Hij zag hoe haar gelaatsexpressie veranderde. Haar ogen werden groot en haar mond zakte open.
‘Ken je die man?’

'Dat... eh, dat is Justus van Rijsbergen,' lispelde ze, 'inkoper van het veilinghuis.'
'Brilliance of Art?'
Maria knikte.
'Met hem had Peter de grootste ruzie.'

9

De Cock schoof met een verveeld gezicht het beduimelde fototje van zich af.
'Justus van Rijsbergen,' verzuchtte hij, 'inkoper van het veilinghuis Brilliance of Art. Hoe pakken we die vent aan? In feite hebben we niets. Die foto is geen enkel bewijs. De man staat er alleen op. Voor het feit dat hij op dat terras in gezelschap was van Matthijs van Slooten, hebben we alleen de verklaring van Barbara van Tollebeek.'
Vledder knikte.
'Dat is waar.'
Vledder gebaarde voor zich uit.
'Besef je, dat dit nu al de derde man van veilinghuis Brilliance of Art is met wie wij te maken krijgen. Alfred van der Broek, directeur Paul van Eldersloo en nu inkoper Justus van Rijsbergen. Het wordt tijd dat wij dat veilinghuis eens van dichtbij gaan bekijken.'
De Cock ging er niet op in.
'Justus van Rijsbergen had hooglopende ruzie met de kunstschilder Peter Karstens. Dat weten we. Maar waarover die ruzie ging, de oorzaak van het geschil, dat kon of wilde Maria van Overloon ons niet vertellen. Achteraf herinnert ze zich alleen dat Peter Karstens, nadat Justus van Rijsbergen woedend uit zijn atelier was vertrokken, met een rood hoofd opmerkte...'
Vledder interrumpeerde lachend. 'Die vent is een boef.'
De Cock grijnsde.
'En daar moeten we het dan mee doen. Uit niets blijkt waarop die kwalificatie "boef" is gebaseerd.'
Hij keek naar Vledder op.
'Heb je hem al nagetrokken?'
'Wie?'
'Die Justus van Rijsbergen.'
'Ja, zeker, maar Justus van Rijsbergen komt in onze admini-

stratie niet voor. Bij ons staat hij dus niet als "boef" te boek. Ook de beide andere heren van Brilliance of Art hebben een ongeschonden status.'
De Cock grinnikte.
'Wij zouden hun op basis hiervan zonder enig bezwaar een bewijs van goed gedrag kunnen geven.'
Vledder moest er smalend om lachen.
'Ik heb voor zo'n bewijs van goed gedrag wel enige bedenkingen. Ik heb zo het gevoel dat die drie heren van het veilinghuis heel nauw bij de moord op Peter Karstens zijn betrokken.'
'Dat gevoel bekruipt mij ook,' sprak De Cock traag. 'Hoe bewijzen we dat?'
'Dat zou jij moeten weten, De Cock. Jij bent een oude rot in het recherchevak.'
Er gleed een brede grijns over het gezicht van De Cock.
'Dat is,' gniffelde hij, 'geen garantie voor het oplossen van een moord.'
'Dacht ik.'
De Cock schudde zijn hoofd.
'Maar in verband met het fotootje van Barbara,' sprak hij ernstig, 'zullen we die Justus van Rijsbergen toch stevig moeten benaderen.'
Vledder knikte.
'En denk eens aan de hoogoplopende ruzie tussen hem en Peter Karstens. Het kan voor Van Rijsbergen wel eens de aanleiding zijn geweest om zich met Matthijs van Slooten in verbinding te stellen.'
De Cock vulde aan: 'Om met hem samenzwerend een doodvonnis over Peter Karstens uit te spreken.'
'Dat zou best wel eens kunnen,' zei Vledder.
De Cock trok een bedenkelijk gezicht.
'Ik vond de reactie van Maria van Overloon vanmorgen opmerkelijk. Toen ik haar dat fotootje toeschoof verbleekte ze. De confrontatie met een afbeelding van die Justus van Rijsbergen bracht meer emoties bij haar teweeg dan ik had verwacht.'
Vledder keek hem vragend aan.

'Jij bedoelt dat Maria vermoedelijk meer van die ruzie met Van Rijsbergen weet dan de simpele opmerking van Peter Karstens: "die man is een boef".'
De Cock wreef zich even achter in zijn nek.
'Die gedachte kwam bij mij boven toen ik haar gelaatsexpressies observeerde. Volgens mij steekt er achter de relatie tussen Peter Karstens en Justus van Rijsbergen meer dan een simpele ruzie.'
Vledder keek hem schuins aan.
'Zouden de bedreigingen waar Peter Karstens over sprak van zijn kant zijn gekomen?'
'Mogelijk.'
Vledder kwam half uit zijn stoel overeind.
'Zullen we naar hem toe gaan?'
'Naar Justus van Rijsbergen?'
'Ja.'
'Heb je zijn adres?'
Vledder knikte.
'Hij staat gewoon in het telefoonboek,' zei Vledder. 'Justus van Rijsbergen, antiquair, Herengracht elfhonderdzevenentwintig.'
De Cock weifelde. Na luttele seconden beduidde hij Vledder om weer te aan zitten.
'Ik ontmoet die man liever op mijn terrein. Bel hem maar en vraag of hij zich over een uurtje bij ons aan de Warmoesstraat wil vervoegen.'
Vledder keek hem onderzoekend aan.
'En als dat voor hem aanleiding is om te vluchten?'
'Vluchten,' sprak De Cock, 'is schuld bekennen.'
'Hoe omkleed ik de redenen van ons verzoek?'
De Cock perste zijn lippen opeen.
'Uitleg over de ruzie met Peter Karstens. Een uitleg die wij telefonisch niet accepteren.'
Vledder glimlachte.
'Word jij autoritair?'
'Dat was ik al.'

De lange slanke man die zonder te kloppen de deur opende en de grote recherchekamer binnenstapte, maakte een keurige in-

druk. Hij droeg een zwarte Eden-hoed, een donkerblauwe, iets glanzende regenjas, waaronder een witzijden sjaal. Met de punt van zijn zwarte ingevouwen paraplu tikte hij bij elke stap even op het balatum.
Bij het bureau van de grijze speurder bleef de man staan en nam met een elegante zwaai zijn hoed af. De Cock bezag zijn lang, smal gezicht, waarin een paar tintelende blauwe ogen. Met zijn iets terugwijkende zwarte haren, licht grijzend aan de slapen, schatte de oude rechercheur hem op achter in de veertig.
De man maakte een lichte buiging in de richting van de grijze speurder.
'Mister Die Cock... I presume?'
Het klonk spottend.
De oude rechercheur keek zwijgend omhoog en liet daarna zijn blik langs de gestalte van de man glijden. Vervolgens wees hij met een hoffelijk gebaar naar de stoel naast zijn bureau.
'Neemt u plaats,' sprak hij op beminnelijke toon. 'Het is voor mij wat moeilijk om vanuit mijn stoel continu omhoog naar uw rijzige gestalte te kijken.'
Hij schonk de man zijn vriendelijkste glimlach en vervolgde zijn openingsceremonie.
'Mijn naam is De Cock. De Cock met... eh, met ceeooceekaa.
Hij wees voor zich uit. 'En dat is mijn collega Vledder. Wij verheugen ons erop dat u aan ons verzoek hebt willen voldoen.'
De lange man ging zitten, knoopte zijn regenjas los en legde zijn fraaie hoed op zijn knieën.
'U kent mijn naam,' sprak hij geaffecteerd. 'Justus van Rijsbergen. En uit uw telefoongesprek heb ik begrepen dat u uitleg wenst over de meningsverschillen die ik had met wijlen Peter Karstens.'
De Cock knikte.
'We hebben sinds kort ervaren, dat u met hem op gespannen voet leefde.'
Van Rijsbergen glimlachte.
'Op gespannen voet is te zwaar uitgedrukt voor de geringe meningsverschillen die zo nu en dan tussen Peter Karstens en mij optraden.'
'Wat waren die geringe meningsverschillen?'

Van Rijsbergen boog even in de richting van De Cock.
'Ik weet, dat mijn collega Alfred van der Broek u daarover al uitgebreid heeft geïnformeerd. Peter Karstens eiste van ons veilinghuis altijd betalingen vooraf... vooruit. Wij geraakten daardoor vaak in een netelige positie.'
'Hoezo?' vroeg de Cock argeloos.
Van Rijsbergen zuchtte.
'Peter Karstens kwam zijn verplichtingen jegens ons niet altijd even nauwgezet na. Vaak moest ons veilinghuis maandenlang na de afgesproken datum wachten op de levering van de door ons reeds betaalde schilderijen.'
'Was dat de enige bron van verwijdering?'
'Er is in al die jaren nooit sprake geweest van enige verwijdering,' sprak Van Rijsbergen afgemeten. 'Tot aan zijn macabere dood aan toe was er een prettige verstandhouding tussen ons veilinghuis en Peter Karstens.'
De Cock glimlachte.
'Behalve dan dat Peter Karstens door zijn plotselinge dood zijn verplichtingen jegens uw veilinghuis niet heeft kunnen nakomen.'
Van Rijsbergen trok zijn smalle gezicht in een ernstige plooi.
'De schuld ligt uitsluitend bij zijn moordenaar. Als Karstens was blijven leven, dan was hij zijn verplichtingen, zoals altijd in het verleden, wel nagekomen.' Hij pauzeerde even voor het effect. 'Zij het dan met de gebruikelijke vertragingen.'
De Cock streek langzaam met zijn pink over de rug van zijn neus.
'Peter Karstens noemde u bij gelegenheid een boef,' zei hij.
Van Rijsbergen lachte gemaakt vrolijk.
'Het taalgebruik van Peter Karstens was niet altijd even genuanceerd. Zijn kwalificaties blonken vaak uit door overdreven accenten.'
De Cock gniffelde.
'Boef was zo'n overdreven accent?'
'Absoluut.'
De Cock liet het onderwerp rusten.
'Kent u... eh, kent u Matthijs van Slooten?'
Van Rijsbergen kneep zijn ogen halfdicht.

'Matthijs van Slooten,' herhaalde hij peinzend. 'Die naam komt mij bekend voor.'
'In welk verband?'
Van Rijsbergen gleed met zijn vingertoppen over zijn voorhoofd.
'Nu moet ik eens even denken.'
De Cock keek hem strak aan.
'U bent met hem gezien hier in Amsterdam op het Rembrandtplein, op een terras.'
De blik van de man verhelderde.
'Ik weet het weer. Op het Rembrandtplein. Matthijs van Slooten. Een sollicitatiegesprek.'
De Cock trok zijn neus iets op.
'Een sollicitatiegesprek op een terrasje?'
'Als iemand voor een functie bij ons veilinghuis solliciteert,' sprak Van Rijsbergen uit de hoogte, 'kies ik voor een ontmoeting altijd een neutrale plek. Ik vind dit ten opzichte van de sollicitant eerlijker dan dat ik hem of haar op mijn kantoor ontvang.'
'Hebt u hem aangenomen?'
'Wie?'
'Die Matthijs van Slooten.'
'Die man was voor ons bedrijf niet geschikt. Hij had nauwelijks enige opleiding genoten.'
'Naar welke functie solliciteerde hij?'
Van Rijsbergen glimlachte.
'De jongeman kwam ons veilinghuis binnen en vroeg of wij een baantje voor hem hadden. Het deerde hem niet wat voor werk hij moest doen. Die houding frappeerde mij. Meestal hebben sollicitanten wel enig idee wat hun bezigheden zouden kunnen zijn.'
'U hebt hem uitgenodigd voor een sollicitatiegesprek?'
'De volgende dag.'
'Een zaterdag.'
Van Rijsbergen haalde zijn schouders op.
'Mogelijk dat het op een zaterdag was. Dat herinner ik mij niet zo exact.'
De Cock boog zich naar hem toe.

'Maar u herinnert zich nog wel het gesprek met die... eh, die Matthijs van Slooten?'
'Zeker.'
'De moordenaar.'
De blik van Justus van Rijsbergen vernauwde.
'Moordenaar?'
De Cock sprak verder met een emotieloze stem.
'Hij was de man die op de Noordermarkt Peter Karstens en zijn hond doodschoot. Mij intrigeert de vraag wie hem daartoe de opdracht gaf.'
Justus van Rijsbergen ademde diep. Zijn fraaie Eden-hoed viel van zijn knieën. Het ontging hem. Hij vouwde zijn handen. De Cock bezag de witte knokkels en schatte de spanningen waaraan de man blootstond.
'Kent u het antwoord?'
Van Rijsbergen schudde zijn hoofd.
'U... eh, u kent,' hakkelde hij, 'u kent Matthijs van Slooten. U kent hem als de moordenaar van Peter Karstens. Waarom vraagt u hem zelf niet wie zijn opdrachtgever was?'
De Cock trok zijn kin iets op.
'Matthijs van Slooten is dood,' antwoordde hij kalm. 'Voordat hij kon spreken joeg iemand hem met dodelijke precisie drie kogels door mijn hart.'

Toen de rijzige Justus van Rijsbergen met zijn paraplu zacht tikkend op het balatum uit de grote recherchekamer was verdwenen, boog Vledder zich over naar De Cock.
'Ik geloof,' sprak hij bijna fluisterend, 'dat Peter Karstens gelijk had: Justus van Rijsbergen is een boef, een slimme, elegante boef.'
De Cock glimlachte om de interpretatie.
'Hij had in ieder geval een scherp en passend antwoord op alle vragen.'
Vledder keek hem wat verholen aan.
'Van jouw... eh, jouw stevige aanpak is weinig terechtgekomen.'
De Cock maakte een hulpeloos gebaar.

'Ik heb het geprobeerd, maar het lukte me niet zijn pantser te doorbreken. Zijn dekking was perfect.'
'Jammer.'
De Cock trok een grijns.
'En de tortuur is niet meer toegestaan. We mogen verdachte personen, vroeger heel toepasselijk biechtkinderen genoemd, geen duimschroeven meer aanzetten zoals een paar eeuwen geleden.'
'En dat spijt je?'
De Cock lachte vrijuit.
'Als in ons strafsysteem weer folteringen worden toegestaan neem ik ontslag. We leven in een beschaafd land, waar de mogelijkheden van ons, opsporingsambtenaren, uiterst beperkt zijn.'
Vledder snoof.
'Er zijn mensen die daar beslist anders over denken.'
'Het zij zo,' gaf De Cock toe. 'Ik moet je eerlijk bekennen dat ik soms even heb genoten van de intelligente uitvluchten van Justus van Rijsbergen. Dat sollicitatiegesprek op een terrasje op het Rembrandtplein was een goede vondst.'
'Jij gelooft dat niet?'
De Cock schudde zijn hoofd.
'Ik ben er vrijwel van overtuigd, dat daar op die zaterdag met Matthijs van Slooten het plan is uitgewerkt om Peter Karstens te vermoorden.'
Vledder gebaarde heftig.
'Maar waarom?'
De Cock zuchtte diep.
'Ik ben bang dat Peter Karstens de vragen rond het motief meeneemt in zijn graf.' Hij keek even op. 'Help mij herinneren dat ik zijn begrafenis bijwoon. Dat heb ik Maria van Overloon beloofd.'
'Peter Karstens wist waarom iemand zijn dood zocht?'
'Absoluut.'
'Stom, dat hij dat jou niet heeft willen vertellen.'
De Cock knikte.
'Ik vermoed,' reageerde hij rustig, 'dat Peter Karstens mijn capaciteiten als speurder schromelijk heeft overschat. Hij ging er blijkbaar vanuit dat ik ook zonder dat ik het feitelijke motief kende, de dader of daders zou kunnen ontmaskeren.'

Vledder keek hem medelijdend aan.
'Wordt dit je eerste nederlaag?'
De Cock spreidde zijn handen.
'Justus van Rijsbergen is ongetwijfeld het intelligente brein achter de moord. De vraag die onmiddellijk opdoemt is: zijn er ook anderen? Trad Justus van Rijsbergen namens die anderen op? Gingen die anderen akkoord met het plan om Peter Karstens te vermoorden?'
Vledder schudde zijn hoofd.
'We zijn er nog lang niet,' verzuchtte hij.
De telefoon op het bureau van De Cock rinkelde.
Vledder reikte naar het toestel en luisterde.
De Cock zag hoe het gezicht van de jonge rechercheur verbleekte. Na enkele seconden legde Vledder zonder iets te zeggen de hoorn op het toestel terug.
De Cock keek hem onderzoekend aan.
'Wie was dat?'
Vledder slikte.
'Justus van Rijsbergen.'
De Cocks gezicht was één vraagteken.
'Justus van Rijsbergen?'
'Ja.'
'Wat is er met hem?'
'Hij is in het huis van Alfred van der Broek.'
'En?'
'Van der Broek is dood.'
'Vermoord?'
Vledder knikte.
'Justus van Rijsbergen vond hem in zijn woonkamer liggend op zijn rug met een met bloed besmeurd overhemd.'

10

Zonder enige haast of emotie stapten de beide rechercheurs op de steiger achter het politiebureau in hun oude Golf. Vledder startte de motor en reed naar de Oudebrugsteeg. Vandaar stuurde hij rechts het Damrak op.
De Cock blikte opzij.
'Heb jij het adres van Alfred van der Broek?'
'Dat heb ik tijdens onze eerste kennismaking met die man al genoteerd... Brouwersgracht duizendnegenendertig. Ik vraag mij alleen af wat Justus van Rijsbergen bij Alfred van der Broek te zoeken had.'
De Cock glimlachte.
'Dat is niet zo moeilijk. Volgens mij is hij vanuit ons bureau aan de Warmoesstraat rechtstreeks naar de Brouwersgracht gereden.'
'Waarom?'
'Om verslag te doen van het recente onderhoud met ons.'
'En om overleg te plegen?'
De Cock knikte nadrukkelijk.
'Absoluut.'
Vledder reageerde verrast.
'Uitgaande van jouw standpunt, dat Justus van Rijsbergen de man was die Matthijs van Slooten opdracht gaf tot moord... betekent dit, dat ook Alfred van der Broek bij de moord op de kunstenaar was betrokken.'
De Cock bromde instemmend.
'Ik ben alleen benieuwd,' sprak hij daarna gniffelend, 'hoe de sluwe Justus van Rijsbergen straks zijn bezoek aan Van der Broek motiveert.'
'Ha, hij zal nooit toegeven dat zijn bezoek ten doel had om te overleggen wat hen beiden nu te doen staat,' zei Vledder.
De Cock schudde zijn hoofd.
'Dat verwacht ik ook niet. Maar de dood van Alfred van der Broek brengt onze Justus toch in een lastig parket.'

'Hoezo?'
De Cock gebaarde voor zich uit.
'Hij zal zich ongetwijfeld afvragen wie Alfred van der Broek van het leven beroofde en wat zijn of haar motief was.'
Vledder trok rimpels in zijn voorhoofd.
'Ik begrijp je,' reageerde hij opgetogen. 'Dat motief kan heel goed ook betrekking hebben op hemzelf.'
De Cock keek bewonderend opzij.
'Dick Vledder, je gaat vooruit. Het lijkt of jouw grijze hersencellen steeds beter worden geactiveerd.'
Vledder glimlachte.
'Dat komt door jou. Jij dwingt mij voortdurend om na te denken.'
Na een rit met weinig oponthoud parkeerde Vledder de oude Golf op de Palmgracht. Ze stapten uit en slenterden naar de Brouwersgracht. Een vijftig meter verder, voor een open toegangsdeur van perceel 1039 troffen ze de lange Justus van Rijsbergen. De man zag bleek en zijn handen trilden. Hij wees naar de open deur.
'Hij... eh, hij ligt in zijn woonkamer,' sprak hij hakkelend. 'Op het parket. Morsdood. Ik hield het daarbinnen bij die dode Alfred niet uit. Een verschrikkelijk gezicht. Die open ogen en al dat bloed.' Hij stak twee vingers tussen zijn boord. 'Ik kreeg het benauwd. Ik ben maar naar buiten gegaan om op u te wachten.'
'Toen u hier kwam, stond de deur open toen open?' vroeg De Cock onverstoord.
Justus van Rijsbergen knikte.
'Ik vond dat al vreemd. Alfred van der Broek is altijd erg zorgvuldig. Ook in zijn werk. Ik dacht eerst aan een inbraak, maar aan de deur en aan de ramen zijn geen beschadigingen te zien.'
'U bent naar binnen gegaan?'
'Ik heb alle lichten aangedaan. Op de schakelaars in dit huis zult u beslist mijn vingerafdrukken vinden. Maar verder heb ik niets aangeraakt. Ook de dode Alfred niet. Ik heb van een paar meter afstand naar hem gekeken... durfde niet eens dichterbij te komen. Vrijwel onmiddellijk na mijn ontdekking ben ik naar buiten gegaan en heb u met mijn mobieltje gebeld.'
De Cock gebaarde naar de deur.

‘Gaat u mee naar binnen?’
Justus van Rijsbergen schudde zijn hoofd.
‘Ik wil dat niet nog eens zien als het niet hoeft.’
De Cock keek naar het bleke gezicht van de man.
‘U mag hier niet vertrekken. Ik wil straks nog even met u praten.’
Van Rijsbergen duimde over zijn rug.
‘Mag ik in mijn auto gaan zitten?’
De Cock zwaaide met zijn hand als instemming.
Met Vledder in zijn kielzog liep de oude rechercheur de woning van Alfred van der Broek binnen. Overal brandde licht. Bijna aan het eind van een brede gang troffen ze links een half openstaande deur, die naar de woonkamer leidde. Omzichtig betraden ze het vertrek. In het midden van de kamer stond een grote ronde tafel met rondom vier comfortabele lederen fauteuils. Rechts in het vertrek, naast een van de fauteuils, lag op zijn rug Alfred van der Broek. Zijn armen lagen iets gespreid naast zijn lichaam. De handen staken klauwend omhoog. Zijn fletsgroene ogen boven de opbollende wangen staarden wijdopen in het niets.
De Cock hurkte bij hem neer en bezag de bloedvlek op het hagelwitte overhemd. Met de rug van zijn hand voelde hij even aan de wang van het slachtoffer. Daarna keek hij schuin omhoog naar Vledder.
‘Als de wonden van de kogels weer dicht bij elkaar rond het hart zijn gegroepeerd, dan heeft deze moord veel weg van de moord op Matthijs van Slooten.’
Vledder knikte.
‘Dezelfde modus operandi,’ verzuchtte hij. ‘Ook nu moet het slachtoffer zelf de toegangsdeur tot zijn woning voor zijn moordenaar of moordenares hebben opengemaakt en die persoon zonder argwaan hebben toegelaten.’
De Cock kwam weer overeind.
‘Waarschuw de meute.’
‘Dat heb ik daarnet in de Warmoesstraat de wachtcommandant al laten doen.’
De Cock knikte goedkeurend.
‘Prima. Wacht jij hier op de fotograaf, de lijkschouwer en mogelijk de dactyloscoop. Dan maak ik buiten nog even een bab-

beltje met Justus van Rijsbergen... voor hij er ondanks mijn verzoek toch vandoor gaat.'
De Cock verliet de woning. Geparkeerd tussen de bomen aan de rand van de gracht stond een grote zwart glimmende Peugeot 607. De oude rechercheur trok het portier van de wagen open en ging naast Van Rijsbergen zitten. De man had weer wat kleur op zijn wangen. Met een blik van verwondering keek hij naar De Cock.
'Bent u nu al klaar met uw onderzoek?'
In zijn stem klonk ongeloof.
De Cock glimlachte.
'Dit is pas het begin. Ik wilde u niet te lang van uw tijd beroven.' Hij pauzeerde even. 'Was u bevriend met Alfred van der Broek?'
Van Rijsbergen schudde zijn hoofd.
'Alfred van der Broek was niet meer dan een collega. Niet erg gezien onder het personeel, maar een prima kracht. Alfred had zich ziek gemeld. Omdat ik in de Warmoesstraat toch dicht bij hem in de buurt was, besloot ik om even naar hem toe te gaan om te zien hoe het met hem ging.'
De Cock glimlachte.
'U hebt het gezien. Alfred van der Broek kunt u straks op het veilinghuis met volle overtuiging van de lijst van medewerkers schrappen.'
Van Rijsbergen draaide zich met een ruk naar hem toe. Zijn blauwe ogen flitsten.
'Dat is een onkiese, een onbetamelijke opmerking,' sprak hij zwaar snuivend. 'Ik had van een man van uw kaliber meer egards verwacht.'
De Cock trok achteloos zijn schouders op.
'Het is onzinnig om een dode werknemer op de loonlijst te laten staan.'
Het gezicht van Justus van Rijsbergen kleurde felrood.
'Ik zal mij over uw gedrag... uw uitlatingen bij de officier van justitie beklagen.'
De oude rechercheur grijnsde breed.
'U kent mijn naam en weet hoe u die moet spellen... De Cock, met ceeooceekaa.'

Van Rijsbergen ademde diep.
'Ik wil dat u mijn wagen verlaat.'
De Cock schudde zijn hoofd.
'Ik ben nog niet klaar met u. Ik acht het als mijn plicht u een paar zaken in overweging te geven.'
Van Rijsbergen klemde even zijn lippen opeen.
'Daar sta ik niet voor open. U behoeft mij geen zaken in overweging te geven.'
De Cocks gezicht stond ernstig.
'Toch wel. En ik raad u aan even goed naar mij te luisteren. Ik zeg dit zonder enige schroom. Ik verdenk u ervan de moord op Peter Karstens te hebben beraamd. Ik kan die verdenking niet onderbouwen. Ik heb daarvoor geen afdoende bewijs... nog niet.'
'Onzin.'
De Cock negeerde de opmerking.
'Ik ben er vrijwel van overtuigd, dat Alfred van der Broek van uw plannen inzake Peter Karstens op de hoogte was. Ik beken het u ruiterlijk... ook deze overtuiging is niet op feiten gebaseerd.'
Van Rijsbergen gromde.
'Wat kletst u dan?'
De Cock ging onverstoorbaar verder.
'Alfred van der Broek is dood... vermoord. Ik kwalificeer die moord als een wraakactie van iemand die zijn en uw plannen inzake Peter Karstens kende.'
De oude rechercheur zweeg even voor het effect.
'Realiseert u zich,' sprak hij met grote stelligheid, 'dat degene die Alfred van der Broek vermoordde, vermoedelijk ook uw dood op het oog heeft. Ik geef u in overweging deze zaken te overdenken. Leg nu, in ieder geval vandaag nog, een bekentenis bij mij af. Het is wellicht de enige mogelijkheid om uw leven te redden.'
Justus van Rijsbergen startte de motor van zijn Peugeot.
'Ik verzoek u nogmaals mijn auto te verlaten. Ik heb lang genoeg naar uw wartaal geluisterd.'
De Cock keek de man van terzijde aan.
'U bent gehuwd?'
'Ja.'

De Cock deed het portier open en zette één been buiten de wagen. 'Ik hoop,' sprak hij ernstig, 'dat u uw nalatenschap afdoende hebt geregeld.'

Nadat Justus van Rijsbergen met zijn Peugeot 607 kwaad van de Brouwersgracht was weggereden, liep De Cock terug naar de woning van Alfred van der Broek. Hij vond Vledder in de woonkamer. De jonge rechercheur doorzocht diep voorovergebogen de inhoud van een ouderwetse secretaire.
De Cock blikte om zich heen. Tot zijn verbazing was het lijk al uit de kamer verdwenen. Hij liep op Vledder toe.
'Dat heb je snel gedaan,' sprak hij bewonderend.
De jonge rechercheur kwam overeind en draaide zich glimlachend om.
'Iedereen had haast. Bram van Wielingen was in een paar minuten klaar met zijn foto's en dokter Den Koninghe nam na de lijkschouwing niet eens de tijd om zijn bril zorgvuldig schoon te maken.'
De Cock lachte.
'De lijkschouwer heeft toch wel tegen je gezegd dat het slachtoffer was overleden?'
Vledder grinnikte.
'Verder dan: hij is dood, kwam hij niet.'
'Tijdstip van overlijden.'
'De dokter schatte dat het slachtoffer slechts enkele uren dood was.'
De Cock fronste zijn wenkbrauwen.
'Heeft hij de ogen van het slachtoffer gesloten?'
Vledder knikte.
'Dat was het eerste wat hij deed.'
'Heeft hij in de borst de kogelwonden bekeken?'
Vledder knikte weer.
'Drie. Ze zaten net zo dicht bij elkaar als bij het lijk van Matthijs van Slooten.'
De jonge rechercheur keek op zijn horloge.
'Ik moet er als de bliksem vandoor.'
'Waarheen?'

Vledder gebaarde.
'Naar het sectielokaal op Westgaarde. Vanmiddag om twee uur doet dokter Rusteloos de gerechtelijke sectie op het lijk van Matthijs van Slooten. Als ik jou eerst naar de Kit breng, kom ik te laat.'
'Oké dan. Heb je de sleutels van dit pand gevonden?'
Vledder tastte in een zijzak van zijn leren jack en gaf De Cock een sleutelbos.
'Ik heb de voordeur nog niet geprobeerd. Maar de sleutel van deze secretaire zit aan de bos.'
De Cock zwaaide naar de deur.
'Ga jij maar. Ik sluit wel af en wandel op mijn gemak terug naar de Kit.'
Vledder sloeg plotseling met zijn hand tegen zijn voorhoofd.
De Cock keek hem onderzoekend aan.
'Wat is er?'
'Ben ik vergeten.'
'Wat?'
'Jij had vanmorgen al bij Buitendam moeten komen.'

De Cock klopte op de deur van de kamer van de commissaris. Zonder op reactie te wachten deed hij de deur open en stapte naar het bureau van commissaris Buitendam. Daar bleef hij staan... zijn kin omhoog en zijn voeten iets uit elkaar.
De lange statige chef van het politiebureau aan de Amsterdamse Warmoesstraat keek hem aan en strekte zijn rug.
'De Cock,' sprak hij geaffecteerd, 'ik had je vanmorgen al bij mij op de kamer verwacht.'
De oude rechercheur knikte.
'Dat was inderdaad ook de bedoeling. Maar de laatste dagen zijn voor Vledder en mij nogal stormachtig verlopen. We zijn verwikkeld in een onderzoek naar maar liefst drie afschuwelijke moorden.'
Commissaris Buitendam schudde zijn hoofd.
'Dat is geen excuus.'
De Cock voelde hoe de woede in zijn aderen kroop. Het gebrek aan aandacht voor het werk waarmee hij en Vledder bezig waren kwelde hem. Om zijn woede te onderdrukken balde hij

zijn vuisten zo krachtig, dat zijn nagels in de palmen van zijn handen drukten.
'Als chef,' sprak hij zacht, 'zou ik de hoge werkdruk wel als excuus aanvaarden.'
Buitendam wuifde het onderwerp weg.
'Gisteren al ben ik door de officier van justitie benaderd in verband met jouw weigering om aan de heer Van Eldersloo zijn eigendom af te staan.'
De Cock keek de commissaris meewarig aan.
'Een schilderij, een Renoir, behorende tot de nalatenschap van de vermoorde kunstschilder Peter Karstens.'
Buitendam spreidde zijn handen.
'De heer Van Eldersloo is een gewaardeerd burger van ons land... eigenaar van het gerenommeerde veilinghuis Brilliance of Art in onze stad. Waarom zou die man zijn eigen schilderij niet mee mogen nemen?'
'Omdat ik het vermoeden heb, dat het veilinghuis Brilliance of Art zeer nauw betrokken is bij de moorden die ik in onderzoek heb.'
Commissaris Buitendam glimlachte.
'Als ik goed ben geïnformeerd, heb jij daar nog geen enkel bewijs voor.'
De Cock trok zijn gezicht strak.
'Wie heeft u geïnformeerd?' vroeg hij achterdochtig.
Buitendam wees naar zijn telefoon
'Onze officier van justitie.'
'En van wie heeft hij zijn informatie?' vroeg De Cock fijntjes.
Buitendam trok zijn schouders op.
'Dat weet ik niet.'
'Ik wel! Dat is diezelfde heer Van Eldersloo.'
Het klonk triomfantelijk.
'Ik heb het moeilijk met jou, De Cock,' verzuchtte de commissaris. 'Jij zult, vrees ik, toch van gedrag moeten veranderen. Nog geen halfuur geleden had ik opnieuw onze officier van justitie aan de lijn.'
'En?'
'Weer met een klacht over jouw optreden.'
De Cock glimlachte.

‘Wie heeft hem nu weer een oor aangenaaid?’
‘Dat is een respectloze opmerking!’ reageerde Buitendam fel. ‘Officieren van justitie worden geen oren aangenaaid.’
De Cock maakte een verontschuldigend gebaar.
‘Bij wie,’ verbeterde hij, ‘heeft hij zijn oor te luisteren gelegd?’
Buitendam keek naar een notitie op zijn bureau.
‘Ene heer Justus van Rijsbergen. Jij hebt, zo luidt zijn klacht aan de officier, over zijn vermoorde collega Van der Broek onbetamelijke opmerkingen gemaakt. Bovendien heb jij genoemde heer Van Rijsbergen zonder enige grond van moord beticht.’
De Cock schudde zijn hoofd.
‘Ik heb gezegd dat de dode heer Van der Broek van de loonlijst kon worden geschrapt. Dat is geen onbetamelijke opmerking, maar een logisch advies. Verder heb ik de heer Van Rijsbergen naar eer en geweten aangeraden om vandaag nog een bekentenis af te leggen... als enige mogelijkheid om zijn leven te redden. En als het pogen een mensenleven te redden ook al een laakbare handeling is, dan vraag ik mij af welke normen en waarden onze officier van justitie met zijn gewillige en gevoelige oren hanteert.’
Commissaris Buitendam kwam met een wilde ruk uit zijn stoel overeind. Zijn gezicht zag rood en zijn handen trilden. Bevend strekte hij zijn rechterarm naar de deur.
‘Eruit.’
De Cock ging.

11

Vledder liet zich steunend en kreunend in de stoel achter zijn bureau zakken. Hij nam met een loom gebaar een doorschijnend plastic zakje uit een zak van zijn jack en wierp het De Cock toe.
'Drie kogels uit het lichaam van Matthijs van Slooten,' sprak hij verklarend. 'Negen millimeter. Dokter Rusteloos heeft ze netjes uit zijn lijf gepeuterd en ik heb het bloed er afgespoeld.'
De Cock bekeek de kogels en wierp het zakje terug.
'Je weet waar ze heen moeten. Jij hebt goede relaties met de motordienst. Misschien hebben ze iemand vrij om de kogels vandaag nog naar Rijswijk* te brengen.'
Vledder schoof de kogels in een lade van zijn bureau.
'Ik zal straks bellen.'
'Hoe was de sectie.'
Vledder snoof.
'Ik heb in mijn korte leven bij de recherche al zoveel gerechtelijke secties bijgewoond,' sprak hij zuchtend. 'Ik kan de procedure wel dromen. Nog een paar en dan doe ik de secties zelf... hebben we Rusteloos niet meer nodig.'
De Cock lachte.
'Vledder, onze nieuwe patholoog-anatoom.'
De jonge rechercheur trok een grijns.
'Morgen sta ik met dokter Rusteloos bij het lijk van Alfred van der Broek. Wanneer komt er een eind aan? Deze affaire begint aan mijn zenuwen te knagen en ik zie voorlopig nog geen licht in deze zaak.'
De Cock maakte een lichte schouderbeweging.
'De schutter die Matthijs van Slooten en Alfred van der Broek vermoordde voelt zich tot nu vrij zeker van zijn zaak. We moeten hopen op een foutje... een overschatting van zijn superioriteit.'

* Gerechtelijk laboratorium.

'En wanneer komt dat?'
'Geen flauw idee.'
Vledder keek De Cock schattend aan.
'Ben je al bij Buitendam geweest.'
'Ja.'
'En?'
De Cock krabde op zijn achterhoofd.
'Hommeles.'
'Heeft hij jou weer eens van zijn kamer gejaagd?'
'Hij begon mij te verwijten dat ik vanmorgen niet bij hem was gekomen. Toen ik verwees naar onze werkdruk, vond hij dat geen excuus.' De Cock zei het laconiek.
'Is hij belazerd!' riep Vledder.
De Cock grinnikte om de reactie van zijn jonge collega.
'Ik heb hem niet gevraagd of hij belazerd is. Dat leek mij niet behoorlijk.' De oude rechercheur veranderde van toon. 'Commissaris Buitendam,' sprak hij rustig, 'is vaak een angsthaas. Hij buigt als een knipmes voor de officier van justitie. Als die met een klacht komt, weet hij zich geen raad. Hij moet meer van zich afbijten en zijn personeel in bescherming nemen.'
'Wie had geklaagd?'
'Paul van Eldersloo.'
'Directeur van Brilliance of Art?'
'Volgens de officier van justitie had ik hem zonder dralen zijn Renoir moeten meegeven. De tweede klager was Justus van Rijsbergen. Hij had zich bij de officier van justitie beklaagd omdat ik hem zonder enige reden en zonder enig bewijs van moord had beticht.'
'Heb je dat echt gedaan?' vroeg Vledder lachend.
De Cock grinnikte smalend.
'Op de Brouwersgracht, toen ik naast hem in zijn prachtige Peugeot zat.'
'Hoe reageerde hij?'
'Woest. Ik kletste maar wat... kraamde wartaal uit.'
Vledder keek hem schuins aan.
'Jij meende die rechtstreekse beschuldiging?'
'Zeker meende ik dat,' antwoordde De Cock beslist. 'Ik verdenk Van Rijsbergen er niet alleen van dat hij Matthijs van Slooten

tot moord heeft aangezet, maar ik houd ook de mogelijkheid open dat hij daarna zelf Van Slooten heeft vermoord om van een lastige getuige af te zijn.'
'Bewijs?'
De Cock maakte een droef gebaar.
'Daar mankeert het aan. Ik heb Justus van Rijsbergen aangeraden vandaag nog een bekentenis af te leggen. Volgens mij is dat voor hem de enige mogelijkheid om zijn leven te redden.'
Vledder fronste zijn wenkbrauwen.'
'Jij ziet hem als volgende slachtoffer?'
'Absoluut.'
'Moeten we hem dan niet beschermen?' vroeg Vledder.
De Cock spreidde zijn handen.
'Hoe... een post voor zijn deur? Ik kan mijn overtuiging niet wettelijk onderbouwen. Bescherming zonder een deugdelijke bewijsvoering als basis, krijg ik bij Buitendam niet voor elkaar. Ik heb Van Rijsbergen uitdrukkelijk gewaarschuwd. Meer kan ik niet doen. Het is zelfs de vraag of Van Rijsbergen een eventuele bescherming zou accepteren.'
De oude rechercheur klapte met zijn vuist op het blad van zijn bureau.
'Als ik wist,' ging hij geïrriteerd verder, 'wie het op zijn leven heeft gemunt, dan kon ik die man of vrouw arresteren en op die manier voorkomen dat Justus van Rijsbergen wordt vermoord. Ik hoop door zijn bekentenis dichter bij de waarheid te komen.'
'Ik zie Van Rijsbergen niet komen,' sprak Vledder hoofdschuddend.
De Cock zuchtte.
'Ik ook niet.'
Er werd op de deur van de grote recherchekamer geklopt en Vledder riep: 'Binnen!'
Het klonk wat rauw.
De deur ging open en in de deuropening verscheen een nog betrekkelijk jonge man. De Cock schatte hem achter in de twintig. Hij droeg een blauwe spijkerbroek met daarop een pompeus blauw jack, dat hem een imposant voorkomen gaf. In een lichte tred liep hij naar het bureau van De Cock en bleef daar staan.

De oude rechercheur bezag zijn krullende blonde haren, zijn lichtgroene, bijna lachende ogen en zijn brede kin. Daarna gebaarde de grijze speurder welwillend naar de stoel naast zijn bureau.
'Neemt u plaats.'
De jongeman ging zitten.
'U bent toch rechercheur De Cock?' vroeg hij.
De oude rechercheur knikte.
'De Cock, met ceeooceekaa.'
De jongeman lachte.
'Leuk.'
'Wat is daar voor leuks aan?' vroeg De Cock terwijl hij hem verwonderd aankeek.
De jongeman lachte opnieuw.
'Mijn moeder is een fan van de boeken over u. Toen ik haar belde om haar te zeggen dat ik besloten had naar u toe te gaan, vond ze dat enig. Ze zei vrolijk: let op als hij zich voorstelt.'
De Cock ging er niet op in.
'U besloot naar mij toe te gaan?' vroeg hij zakelijk.
'Ja.'
'Waarom?'
Op het gezicht van de jongeman kwam een ernstige trek.
'Ik ben Jan van Oldehove. Ik werk al een paar jaar bij het veilinghuis Brilliance of Art aan de Lijnbaansgracht. Vanmiddag kwam de heer Van Rijsbergen bij ons en vertelde dat hij Alfred van der Broek dood in zijn woning had aangetroffen... doodgeschoten.'
De Cock knikte.
'Dat klopt.'
Jan van Oldehove schudde zijn hoofd.
'Het verbaast mij niets.'
'Wat?'
'Dat ze hem hebben gemold.'
'U had dat verwacht?' vroeg De Cock met een tikkeltje ongeloof in zijn stem.
'Alfred van der Broek was een ettertje van het zuiverste water.'
De jonge Van Oldenhove sprak met een plat Amsterdams ac-

cent. 'Iedereen had de pest aan hem. Maar dan ook iedereen. Het personeel kon zijn bloed wel drinken. Hij was een arrogante klootzak. Zijn enige plezier in het leven was anderen te pesten.'

De Cock glimlachte.

'Dat is toch geen reden voor moord?'

'U hebt die man nog nooit van nabij meegemaakt,' zei Jan grijnzend. 'Het broeit al lange tijd onder het personeel. Een van ons heeft al eens het plan opgevat om een zwaar beeld op zijn hoofd te laten vallen. Zogenaamd per ongeluk... snapt u?'

'Dat is niet gebeurd?'

'Hij werd verraden.'

'Door wie?'

De jongeman gebaarde heftig met zijn handen.

'Een ander lid van het personeel, ook zo'n goor vies gluipertje, ging naar Van Rijsbergen en vertelde van het plan. Toen werd onze plannenmaker op staande voet ontslagen.'

De Cock trok een ernstig gezicht.

'Had de heer Van Rijsbergen geen hekel aan die vervelende Alfred van der Broek?'

Jan van Oldehove keek bedenkelijk.

'Blijkbaar niet. Die twee konkelden met elkaar. Twee handen op één buik, volgens mij.'

'En de heer Van Eldersloo?' vroeg De Cock glimlachend.

'Onze directeur?'

'Ja.'

Jan van Oldehove schudde snuivend zijn hoofd.

'Daar snap ik niets van. Trouwens, niemand van ons die er iets van begrijpt. Het lijkt wel of Van Eldersloo overal buiten staat, of hij er helemaal niet bij hoort. Van der Broek en Van Rijsbergen regelen alles.'

Jan van Oldehove trok zijn hoofd tussen zijn schouders.

'En hij weet het,' ging hij grommend verder. 'Van Eldersloo weet wat voor een ettertje die Van der Broek was. Een delegatie van het personeel is wel eens bij hem geweest om over zijn gedrag te klagen.'

'En?'

'Het hielp niet,' sprak de jongeman somber. Er gleed een glimlach langs zijn mond. 'Toen de heer Van Rijsbergen ons vertelde, dat Van der Broek was doodgeschoten, kogels in zijn borst, heb ik toch even aan Van Eldersloo gedacht.'
De Cock keek hem schattend aan.
'Hoezo?'
Jan van Oldehove grijnsde.
'Van Eldersloo is in Blaricum lid van een schietvereniging. Hij was daar al tweemaal kampioen.'

Toen Jan van Oldehove met verende tred uit de grote recherchekamer was verdwenen, boog Vledder zich lachend naar voren.
'Wat doen we met dit verhaal?'
De Cock trok zijn schouders op.
'Dat die Alfred van der Broek een ettertje van het zuiverste water was, wil ik best geloven, maar dat scherpschutter Van Eldersloo voor zijn dood verantwoordelijk is...'
Hij maakte zijn zin niet af.
'Dat wil er bij jou niet in?' vulde Vledder aan en keek zijn leermeester schuins aan.
'Motief?' vroeg De Cock.
'Misschien was hij het vervelende en ook eigengereide optreden van Van der Broek zat en gaat hij straks op weg om ook diens kompaan Van Rijsbergen een paar goed gerichte kogels door zijn hart te jagen.'
De Cock schudde zijn hoofd.
'Je vergeet even,' sprak hij docerend, 'dat scherpschutter Van Eldersloo dan ook verantwoordelijk moet zijn voor de dood van Matthijs van Slooten... eenzelfde perfecte groepering van kogelinslagen.'
Vledder bracht zijn beide handen naar zijn hoofd.
'Misschien zitten wij,' sprak hij met een zweem van wanhoop, 'met die Justus van Rijsbergen wel op het verkeerde spoor en is niet hij de man die aanzet gaf tot de moord op Peter Karstens, maar directeur Paul van Eldersloo.'
'Motief?'
Vledder zuchtte diep.

'We draaien steeds in een kringetje rond. We komen niet tot de essentie, tot de kwintessens, het waarom van de gepleegde moorden.'
De Cock stond van zijn stoel op.
'Steek de foto van Matthijs van Slooten bij je.'
De oude rechercheur sjokte naar de kapstok.
Vledder kwam hem na.
'Waar ga je heen?'
De Cock schoof zijn oude hoedje over zijn grijze haardos.
'Naar Lowietje. Mijn droge keel snakt naar het fluweel van een cognackie.'

Lowietje, ter aanduiding van zijn geringe borstomvang meestal Smalle Lowietje genoemd, trok zijn levendige muizensmoeltje in een vriendelijke plooi en staakte het glazen spoelen. Hij veegde zijn vingers langs zijn morsige vest en stak de oude rechercheur spontaan een hand toe.
'Welkom in mijn etablissement.'
De Cock drukte de klamme hand en hees zijn zware lijf op een barkruk naast Vledder.
'Ook goedenavond,' reageerde hij laconiek.
'Hetzelfde recept?'
Zonder op antwoord te wachten dook de tengere caféhouder onder de tapkast en kwam weer boven met een fles pure Franse cognac Napoleon, die hij met een haast devoot gebaar voor de grijze speurder neerzette.
'Nog van mijn oude voorraad,' lispelde hij vergenoegd. Hij pakte drie bolle glazen en schonk in, plechtig, als gold het een ceremonieel gebeuren.
Rechercheur De Cock keek vrolijk glunderend toe. Hij hield van die momenten. En hoewel hij wist dat de smalle caféhouder een dief was, een heler, een man die in zijn leven vrijwel alles had gedaan wat God in zijn wijsheid had verboden... hield hij van Lowietje.
'Proost.'
Hij nam zijn glas op, schommelde het in zijn hand en snoof de prikkelende geur van de cognac op. Voorzichtig nam hij een

12

Met de opwekkende gloed van twee cognackies in hun aderen liepen de beide rechercheurs over de walletjes terug naar de Kit. Het was er aanmerkelijk drukker dan een uurtje tevoren. De bevrijdende regenvrije avond bracht eindelijk het koor van behoeftige mannen op de been. De vele toegeschoven gordijnen duidden op hoertjes in vol bedrijf en bij Gabrielle, een recent gelanceerde exotische schoonheid uit Venezuela, stonden de mannen in de rij.
Vledder wees ernaar.
'Snap jij dat?' vroeg hij misprijzend.
'Ik snap het niet,' zei De Cock, 'maar ik zie op de Walletjes dergelijke bonte taferelen al zolang ik dienstdoe aan bureau Warmoesstraat, en dat is al bijna dertig jaar. Exotische nieuwelingen hebben altijd al veel belangstelling gekregen. Ik vermoed dat de hoerenkerels van die nieuwelingen een andere aanpak verwachten.'
Vledder lachte.
'Kan dat?'
De Cock grinnikte en probeerde zijn jeugdige collega bij te houden.
'In het oudste beroep van de wereld zullen in de loop der eeuwen wel enige variaties zijn geslopen, vermoed ik. En misschien zijn er ook wel culturele verschillen ontstaan. Het is een metier dat ik, ondanks talloze gesprekken met prostituees, qua dienstverlening nooit geheel heb kunnen doorgronden.'
Ze liepen een tijdje rustig door. Zo nu en dan lichtte De Cock beleefd zijn hoedje voor een vriendelijk groetend hoertje.
Vledder blikte opzij.
'Stom, dat ik vanavond bij de foto van Matthijs van Slooten ook niet de foto van Justus van Rijsbergen bij me heb gestoken.'
'Had je die willen tonen?'
'Ja, misschien dat Smalle Lowietje ons had kunnen vertellen of

Justus van Rijsbergen in zijn etablissement al contact met Matthijs van Slooten heeft gezocht.'
De Cock schudde zijn hoofd.
'Dat beduimelde kiekje van Barbara van Tollebeek is van een bedroevend slechte kwaliteit. We gaan straks nog even naar hem toe.'
Vledder keek hem verrast aan.
'Naar Justus van Rijsbergen?'
De Cock keek opzij.
'We vragen van hem een recente foto... een duidelijk portret waarop hij goed is te herkennen. Die kunnen we altijd nog aan Smalle Lowietje laten zien.'
De oude rechercheur liep zwaar ademend naast Vledder.
'Bovendien,' vervolgde hij zijn betoog, 'is de dag nog niet om. Ik heb Justus van Rijsbergen tot vandaag de tijd gegeven om te bekennen dat hij Matthijs van Slooten de opdracht heeft verstrekt om Peter Karstens te vermoorden... en om ons iets te vertellen van het motief, het waarom van dat onzalige moordplan.'
'Ik heb er geen vertrouwen in,' zei Vledder. 'Het wordt vanavond een vergeefse reis. Van Rijsbergen is een sluwe, intelligente man. Die bekent nooit. Vooral na de dood van Matthijs van Slooten en zijn kompaan Alfred van der Broek zal hij zich volkomen veilig voelen.'
De Cock trok zijn gezicht strak.
'Ik wil hem nog even boven op zijn huid zitten. Die man moet toch ergens kwetsbaar zijn?'
'Ik ben bang van niet.'
Vledder moest zijn pas inhouden. Zijn oude collega liep niet zo snel.
'Tenzij wij het aandeel van Paul van Eldersloo als directeur van Brilliance of Art verkeerd inschatten.' De Cock hijgde terwijl hij sprak.
'Hoe bedoel je?' vroeg Vledder, die weer naast De Cock liep, zodat ze niet zo luid hoefden te spreken.
'Dat Van Eldersloo toch een leidende rol in deze moordaffaire speelt.'
'Acht jij die kans groot?'

De Cock trok een bedenkelijk gezicht en bleef even staan.
'Volgens Jan van Oldehove moet Van Eldersloo een uitstekend schutter zijn... trots op de onderscheidingen van zijn schietvereniging, die hij geruime tijd in zijn kantoor aan de wand had hangen.'
Vledder reageerde wat geprikkeld.
'Je geeft geen antwoord op mijn vraag. Acht jij de kans groot dat hij bij de moorden is betrokken.'
De Cock schudde zijn hoofd.
'Eerlijk gezegd... nee.'
'Blijft dus Justus van Rijsbergen.'
De Cock knikte en begon weer te lopen.
'Justus van Rijsbergen is naar mijn gevoel nog de enige man die ons naar de oplossing van de raadsels kan leiden, die ons kan vertellen hoe en waar het begon.'
De oude rechercheur sjokte vanaf de Achterburgwal de brug over naar de Korte Niezel.
'We gaan eerst naar de Kit. Misschien zijn er bij Jan Rozenbrand nieuwe berichten binnengekomen.'
Toen ze de hal van het politiebureau betraden, wenkte de wachtcommandant De Cock met een kromme vinger.
De oude rechercheur liep vermoeid op hem toe.
'Je weet het: nog een lijk en ik ga gillen.'
Jan Rozenbrand schudde zijn hoofd.
'Ik heb geen nieuw lijk. Gelukkig niet. Wel een geval van zware mishandeling. Het slachtoffer ligt met een ernstige hoofdwond in het ziekenhuis; het AMC. Ik heb Fred Prins maar laten opdraven. Voor jou zit boven een jonge vrouw op je te wachten. Een bloedmooie vrouw. Ze is al eens eerder bij je op bezoek geweest.'
De Cock schoof zijn onderlip vooruit.
'Bloedmooie vrouwen,' grapte hij, 'hebben vaak de neiging om telkens bij mij terug te komen.'
De oude rechercheur draaide zich lachend om en besteeg opmerkelijk kwiek de stenen trappen naar de tweede etage.
Vledder nam de treden met twee tegelijk.
Op de bank bij de toegangsdeur naar de grote recherchekamer zat een jonge vrouw. De Cock herkende haar onmiddellijk. Ma-

ria, de beeldschone vriendin van wijlen Peter Karstens.
In haar nauwsluitende zwarte mantelpakje en een regenjas over haar arm kwam ze van de bank overeind en liep op hem toe.
'Ik wil u er nog even aan herinneren,' sprak ze zacht, 'dat Peter morgen wordt begraven.'
'Ik weet het,' zei De Cock vriendelijk, 'morgen op Zorgvlied, om twee uur. Ik zal er zeker zijn, beslist.'
De oude rechercheur ging haar voor naar de grote recherchekamer. Daar wierp hij zijn oude hoedje missend naar de kapstok. Met zijn regenjas nog aan sjokte hij verder de kamer in. Met een hoffelijk gebaar liet hij haar op de stoel naast zijn bureau plaatsnemen. Daarna nam hij de regenjas van haar over, pakte bij de kapstok zijn oude hoedje van de vloer en hing beide kledingstukken op. Rustig liep hij terug naar zijn bureau.
'Heb je al omlijnde plannen voor de toekomst?' vroeg hij beminnelijk. 'Je zult het in de toekomst zonder Peter moeten klaren.'
Langs haar mond gleed een smartelijke trek.
'Het leven gaat door. Peter zou niet hebben gewild dat ik bij de pakken bleef neerzitten.'
De Cock boog zich iets naar haar toe.
'Zijn er de laatste dagen nog herinneringen bij je bovengekomen... uitlatingen over zaken die ons mogelijk iets verder kunnen helpen bij ons onderzoek.'
Maria keek hem scherp aan.
'Heeft Van Rijsbergen al bekend dat hij een huurmoordenaar opdracht heeft gegeven om Peter te vermoorden?'
De Cock schudde zijn hoofd.
'Vanmorgen op de Brouwersgracht, zittend in zijn fraaie Peugeot, ben ik nog geruime tijd met hem bezig geweest. Ik heb hem echt pittig onder handen genomen. Ik heb hem er gewoon rechtstreeks van beschuldigd dat hij een moordenaar had ingehuurd, maar hij ontkent categorisch elke betrokkenheid bij de dood van Peter.'
Maria trok haar lippen strak.
'Volgens mij is hij de aanstichter, het boze brein. Ik vermoed dat Peter daar ook zo over dacht, hoewel hij mij dat nooit rechtstreeks heeft gezegd.'

De oude rechercheur reageerde niet. Even later vroeg hij:
'Ken jij Alfred van der Broek?'
Maria van Overloon antwoordde niet direct.
'Van... eh, van het veilinghuis Brilliance of Art?' vroeg ze weifelend.
'Ja.'
'Die ken ik,' zei Maria terwijl ze knikte. 'Hij is op de Noordermarkt een paar maal voor zaken bij ons in het atelier geweest.'
De Cock keek strak naar haar gezicht.
'Hij is dood.'
Ze fronste haar wenkbrauwen.
'Vermoord?'
De Cock lette op haar reactie.
'Inderdaad... vermoord.'
'Door wie?'
'De moordenaar is niet op ons blijven wachten.'
Over de fraaie gelaatstrekken van Maria van Overloon gleed een glimlach.
'Ge-rech-tig-heid.'
Het klonk als een bevrijding.
De Cock keek haar schattend aan.
'Je bedoelt, dat hij zijn dood heeft verdiend?'
Maria knikte overtuigend.
'Hij was een onaardige man. En dan druk ik mij voorzichtig uit. Hij was een man die je op zijn gezicht al tien jaar gevangenisstraf zou geven. Mijn Peter had ook een hekel aan hem.'
'Je hebt gelijk,' zei De Cock. 'Hij was ook bij het personeel van het veilinghuis niet erg geliefd.'
Maria trok een denkrimpel in haar mooie voorhoofd.
'Hebt u... eh, hebt u de Monet die u van Peter heeft gekregen al laten inlijsten?'
De Cock schudde zijn hoofd.
'Daar ben ik nog niet aan toe gekomen. Sinds de dood van Peter heb ik weinig nachtrust genoten. Er was weinig tijd om aan andere dingen te denken.'
Maria knikte begrijpend. Secondelang keek ze hem lief en bemoedigend aan. Ineens schonk ze hem een betoverende glimlach.

'Neem het schilderij morgen mee naar de begrafenis,' sprak ze opgewekt. 'Om Peter naar zijn laatste rustplaats te begeleiden heb ik ook Gerard Verbruggen uitgenodigd. Gerard was net als u een vriend van Peter en een voortreffelijk lijstenmaker. Gerard Verbruggen zal die Monet van u zeker willen inlijsten. Daar krijgt u beslist geen spijt van. Gerard is een vakman met een kunstenaarsziel. In vele opzichten leek hij op Peter.'

Toen Maria van Overloon met haar regenjas aan licht heupwiegend uit de grote recherchekamer was verdwenen, stond Vledder van zijn stoel op.
'Gaan we nu naar de Herengracht?'
De Cock keek hem niet-begrijpend aan.
'Wat moeten we aan de Herengracht?'
Vledder gebaarde wild.
'Herengracht elfhonderdzevenentwintig,' riep hij luid, 'daar woont Justus van Rijsbergen.'
De Cock glimlachte.
'Dat was ik even vergeten.'
De oude rechercheur tikte met zijn wijsvinger op een bruine envelop voor zich op zijn bureau.
'Dit is, denk ik, het eerste rapport van het Gerechtelijk laboratorium in Rijswijk. Even lezen wat ze ons te melden hebben.'
Vledder liet zich weer in zijn stoel zakken. Met een verongelijkt gezicht keek hij omhoog naar de grote klok boven de toegangsdeur.
'Het is bijna elf uur. Jouw ultimatum aan Van Rijsbergen,' sprak hij spottend, 'loopt om twaalf uur af. Veel tijd hebben we niet meer.'
De Cock zweeg. Hij maakte de envelop open, nam daaruit een rapport en las onverstoorbaar. Na een minuut of tien deed hij het rapport weer in de envelop en keek op.
'Tegen Matthijs van Slooten,' sprak hij gedragen, 'hebben we een vrijwel ronde zaak.'
Vledder grijnsde breed.
'Daar hebben we wat aan,' bromde hij grimmig. 'Die vent is dood. Je kunt dat rapport voor mijn part wel in de prullenbak gooien.'

De Cock negeerde de opmerking.
'De kogels uit het lichaam van Peter Karstens zijn afgevuurd met de Webley & Scott van Matthijs van Slooten. Het is op het laboratorium in Rijswijk ook gelukt om het DNA-patroon van het bloed op de tanden van de hond vast te stellen. Dat heeft blijkbaar nogal wat moeilijkheden opgeleverd. Het moest absoluut gescheiden blijven van het DNA-patroon van de leonberger zelf.'
Vledder keek hem vragend aan.
'En het DNA-patroon van het bloed op de tanden van de hond, komt dat overeen met het DNA-patroon van Matthijs van Slooten?'
De Cock wees naar de envelop.
'Dat onderzoek is kennelijk nog niet afgesloten.'

Ver onderuitgezakt, zijn oude hoedje vertrouwd tot op zijn neus, zat De Cock naast Vledder in de gammele Golf en dommelde. De gevolgen van een te geringe nachtrust deden zich gelden. De spieren rond zijn oude botten verstijfden. De oude rechercheur droomde van een schone, lieve wereld zonder misdaad en geweld, een wereld van vrede op aarde met louter vrolijke, opgewekte mensen in de zon, allen gekleed in een wit vormloos hemd en een fraai lichtend aureooltje zwevend boven hun kruin.
Het hobbelen over een slecht stukje wegdek deed hem ontwaken. Hij schoof zijn hoedje terug en drukte zich wat omhoog. Tot zijn niet geringe verbazing zag hij links het glinsterende water van de Amstel en rechts de coniferenhaag van de begraafplaats Zorgvlied.
Hij keek opzij naar Vledder aan het stuur.
'Hier moet ik morgenmiddag om twee uur pas zijn.'
Vledder glimlachte.
'Je viel hier naast mij zo vredig in slaap, dat ik besloot eerst een klein ommetje te maken voordat we naar de Herengracht reden.'
De Cock strekte zijn rug, ademde diep en glimlachte.
'Bedankt voor het korte dutje. Ik droomde glashelder van een vredige, lieve wereld zonder criminaliteit. Blijkbaar moet ik diep in mijn hart misdaad verafschuwen.'
Vledder snoof.

‘Wij leven ervan.’
‘Inderdaad... heel bescheiden.’

Bij de begraafplaats draaide Vledder de Golf en reed terug naar de binnenstad. Op de Herengracht vond hij nog een redelijk parkeerplaatsje aan de wallenkant tussen de bomen. Toen ze uitstapten scharrelde een eenzame rat tussen hun voeten.
Perceel 1127 bleek een prachtig grachtenpand met een imposante halsgevel.
Vledder keek omhoog.
‘Handel in kunst schijnt een lucratief bedrijf te zijn. Het kost nogal wat om in zo’n pand te wonen.’
De Cock reageerde niet. Hij besteeg de blauwstenen trap naar het bordes. Vledder volgde.
Naast een zware donkergroen gelakte deur hing een koperen naambord met ‘Justus van Rijsbergen – antiquair’ in zwarte verzonken letters.
Onder het naambord trok De Cock aan een bewerkte koperen knop.
In het inwendige van het pand klok een bel.
De oude rechercheur wachtte een paar minuten. Toen op het bellen niet werd gereageerd, belde hij voor de tweede maal. Opnieuw nam hij een wachttijd van een paar minuten. Toen er nog geen reactie kwam, tastte hij in een steekzak van zijn regenjas naar het apparaatje dat hij eens van Handige Henkie had gekregen.
‘Misschien is hij niet thuis,’ sprak Vledder gehaast. ‘Misschien slaapt hij al en hoort hij de bel niet. Misschien is hij al op weg naar de Warmoesstraat om bij jou een bekentenis af te leggen.’
De Cock luisterde niet. Hij koos met kennersblik uit het koperen houdertje de juiste sleutelbaard en in luttele seconden had hij de groene deur van het slot. Met zijn knie duwde hij de deur open en ging naar binnen. Vledder volgde mopperend.
Via de hal bereikten ze een brede marmeren gang met een eikenhouten lambrisering. De Cock pakte zijn zaklantaarn en liet het lichtovaal voor zich uit dansen. Even scheen hij omhoog naar wulpse engeltjes aan het plafond. Daarna schuifelde hij voorzichtig verder.

Ongeveer in het midden van de gang stond links een deur op een kier. De Cock duwde de deur met zijn knie verder open en stapte behoedzaam de kamer erachter binnen. Het was aardedonker in het vertrek.
De Cock bleef staan. Het ovaal van zijn zaklantaarn gleed over een zestal lederen fauteuils om een grote ronde tafel. Aan een wand van het vertrek was een monumentale schouw.
De oude rechercheur aarzelde. Even overwoog hij of hij naast de deurstijl in de kamer naar een schakelaar van het licht zou zoeken. Hij besloot daarmee te wachten. Langzaam schuifelde hij verder in de richting van de schouw.
Naast een van de fauteuils trof hij het lichaam van een man. Hij lag op zijn rug. Zijn voeten iets uit elkaar. Zijn armen vrijwel gestrekt langs het lichaam. De handen geklauwd omhoog.
De Cock hield het gezicht van de man in het licht van zijn zaklantaarn gevangen.
Vledder hijgde in zijn nek.
'Justus van Rijsbergen.'
De Cock vulde aan:
'Met revolverschoten afgemaakt.'

13

Ze stapten op de houten steiger achter het politiebureau in hun oude Golf. Vledder keek naar het in linnen gewikkelde pak dat De Cock onder zijn arm gekneld hield.
'Wat heb je daar?'
'Herken je het niet?' vroeg De Cock verwonderd. 'Je was er toch bij toen Maria van Overloon mij gisteren aanraadde om de Monet die ik van Peter Karstens had gekregen, te laten inlijsten door ene Gerard Verbruggen?'
Vledder maakte een nonchalant gebaar
'Ik had niet gedacht,' sprak hij loom, 'dat jij op die invitatie zou ingaan.'
De Cock maakte een schouderbeweging.
'Volgens Maria is die Gerard Verbruggen een voortreffelijke lijstenmaker en een vriend van Peter.'
Vledder glimlachte.
'Neem hem straks even apart. Misschien kent hij als vriend wel achtergronden van de moord op Peter Karstens.'
'Ik zal het proberen,' reageerde De Cock gedwee.
Ze reden zonder veel oponthoud via de Rozengracht, Nassaukade en Stadhouderskade naar de Amsteldijk. Rechtop gezeten genoot De Cock intens van het panorama dat het uitzicht over de Amstel bood.
Vledder parkeerde de oude Golf pal bij de ingang van de begraafplaats Zorgvlied. De jonge rechercheur keek op zijn polshorloge.
'Dokter Rusteloos verwacht mij om halfdrie op Westgaarde. Zal ik je na het bijwonen van de sectie op het lijk van Alfred van der Broek hier ophalen?'
De Cock schudde zijn hoofd.
'Ik verwacht niet dat de begrafenis van Peter Karstens lang zal duren. Ik kom wel op eigen gelegenheid naar de Kit. Misschien is Maria van Overloon bereid om mij een lift te geven.'

‘Als ze een auto heeft...’
De Cock glimlachte.
‘Welke moderne vrouw heeft tegenwoordig geen auto?’
De oude rechercheur stapte uit de Golf en slenterde met het schilderij onder zijn arm de begraafplaats op. Het grove grind knerpte onder zijn voeten. Hij trok de kraag van zijn regenjas iets op. Het was koud voor de tijd van het jaar. Een snijdende wind kriebelde aan zijn oren.
Ineens herinnerde hij zich dat hij jaren geleden op diezelfde begraafplaats Zorgvlied, te midden van een kring belangstellenden rond het graf van ene Hendrik-Jan van Assumburg, een merkwaardige ontdekking deed. Daar stond Ronald Kruisberg, een man van wie hij wist dat hij twee jaar tevoren was gestorven.*
De Cock drukte de herinnering uit zijn gedachten. Hij keek naar een paar mannen en vrouwen die steunend tegen de muur van de aula enige beschutting zochten tegen de wind.
Onder hen ontdekte de oude rechercheur Hannes van der Laar, de gepensioneerde man van de gemeentetram, die hem op het spoor van Matthijs van Slooten had gebracht. Hij liep blij lachend op de man toe.
‘Komt u de begrafenis van Peter Karstens bijwonen?’ vroeg hij vriendelijk.
Hannes van der Laar knikte.
‘Maria zei dat ze het op prijs zou stellen als ik ook zou komen.’
‘Kent u Maria?’ De Cock was verrast.
Hannes van der Laar knikte opnieuw.
‘Ik wist dat ze het vriendinnetje van die kunstschilder was. Toen ik haar de volgende dag op de Noordermarkt zag, heb ik haar aangesproken en haar gecondoleerd met het verlies van... eh, van haar man.’
‘Dat was vóór u naar ons, naar de recherche aan de Warmoesstraat kwam?’
Hannes van der Laar schudde zijn hoofd.
‘Kort daarna.’

* Zie *De Cock en de moord op de Bloedberg.*

'En u hebt haar hetzelfde verteld als hetgeen u aan ons hebt verklaard?'
Hannes van der Laar keek De Cock enigszins geschrokken aan.
'Was... eh, was dat niet goed?'
De Cock haastte zich om de man gerust te stellen. Voor hij verder kon vragen, tikte iemand hem op zijn schouder. De oude rechercheur draaide zich om. Voor hem stond een vriendelijk ogende man met grijs golvend haar.
'U bent rechercheur De Cock?' vroeg hij.
De grijze speurder knikte.
'De Cock met...'
Hij slikte de rest in.
De man stak hem zijn hand toe.
'Mag ik mij aan u voorstellen? Ik ben Verbruggen. Gerard Verbruggen.' Hij wees naar het schilderij onder de arm van De Cock. 'Ik zie dat u het doek hebt meegenomen.'
De rechercheur knikte.
'Op verzoek van Maria van Overloon. Ze zei dat u een voortreffelijke lijstenmaker bent.'
Gerard Verbruggen glimlachte gevleid.
'Zal ik het doek van u overnemen?' vroeg hij bereidwillig. 'Dan leg ik het alvast in mijn wagen, die staat iets verder bij de aula.'
De Cock reikte de man zijn Monet aan en Verbruggen liep naar zijn auto.
Vrijwel op hetzelfde moment kroop een glanzende lijkwagen over het grind van het toegangspad naderbij. Op enige afstand stopte één enkele volgwagen.
Maria van Overloon stapte uit. In haar zwarte mantelpakje en keurige hoedje over haar lange krullende haar was ze een opvallende verschijning. Met kleine pasjes liep ze op De Cock en Hannes van der Laar toe.
'Is Gerard Verbruggen er nog niet?'
De Cock duimde over zijn schouder.
'Die legt mijn schilderij vast in zijn auto. Dan hoef ik er niet mee te slepen.'
Maria knikte begrijpend.

'Dan zal hij zo wel komen.'
De deuren van de aula gleden open en een met bloemen bedekte baar werd uit de lijkwagen getild.
Stram in de houding, met ontbloot hoofd, zijn oud hoedje in zijn hand, keek De Cock toe hoe de baar langs hem werd gedragen. Toen de baar in de aula was gebracht, wendde hij zich tot Maria van Overloon.
'Heb jij een uitvaartdienst georganiseerd?'
Maria trok haar gezicht strak.
'Peter geloofde in God noch gebod. Hij noemde dat verlakkerij. Volgens Peter werden de mensen middels de religie bedrogen.'
De Cock knikte.
'Peter was star in zijn opvattingen.'
Maria zuchtte.
'Ik was het ook niet met hem eens. Wij hadden daar wel eens woorden over. Hoewel ik, nadat ik bij Peter ben ingetrokken, geen enkele kerkdienst meer heb bezocht, is toch iets van mijn christelijke opvoeding blijven hangen. De kern daarvan is nooit uit mijn ziel verdwenen. Ik vond dat een korte uitvaartdienst het laatste was wat ik voor Peter doen kon.'
De Cock wees naar de mensen die de aula binnengingen.
'Heb jij die uitgenodigd?'
Maria schudde haar hoofd.
'Ik heb mij door de begrafenisondernemer laten vertellen dat er altijd mensen zijn die elke auladienst bijwonen, ongeacht wie er wordt begraven.'
De Cock snoof.
'Een vreemde hobby.'
Met Gerard Verbruggen in hun midden gingen ze de aula in en namen vooraan plaats.
Een keurig in zwart geklede heer ging achter een kathedertje staan. Hij rangschikte enige papieren voor zich, kuchte en bracht zijn beide armen in een theatraal gebaar schuin naar voren.
'God,' sprak hij met stemverheffing, 'schenke u Zijn zegen en geve u vrede. Amen.' Hij liet zijn armen zakken en ging rustiger verder. 'Ziende op de Heer, die gesproken heeft: Ik ben de

opstanding en het leven, die in Mij gelooft zal leven; ook al is hij gestorven, en eenieder die leeft...'
De Cock liet de zalvende woorden van de predikant over zich heen daveren. Hij vroeg zich af of dominees bij begrafenissen geen andere tekst gebruikten. Hij kende deze woorden al bijna uit zijn hoofd. Zo vaak had hij ze gehoord.
Na een vurig gebed daalden zware orgelklanken over de aanwezigen neer. De predikant verdween en het katheder je werd weggehaald. De 'kraaien' schaarden zich aan beide zijden van de baar. De auladeuren gingen open en de dragers droegen de baar wiegend naar buiten.
Na een korte plechtigheid aan het graf, waar Gerard Verbruggen enige woorden van rouw en troost sprak, liepen ze terug naar de aula.
Maria wees naar Hannes van der Laar.
'Hebt u eigen vervoer?'
De gepensioneerde man schudde zijn hoofd.
'Dan kunt u met mij in de volgwagen meerijden,' sprak ze liefjes. 'Ik moet toch nog even in Peters atelier aan de Noordermarkt zijn.'
Maria wees naar De Cock.
'Komt uw assistent u ophalen?'
De Cock schudde zijn hoofd.
'Dat hebben wij niet afgesproken. Vledder is naar een gerechtelijke sectie.'
Maria lachte naar Gerard Verbruggen.
'U kunt meneer De Cock wel een lift geven?'
'Absoluut en met genoegen.'
Met Hannes van der Laar aan haar zijde liep Maria van Overloon, na een korte groet tot afscheid, naar de volgwagen, waarmee ze was gekomen.
De Cock keek haar na. De oude rechercheur had een vreemd, niet beredeneerbaar gevoel, dat dit de laatste glimp was die hij van haar opving.
Gerard Verbruggen keek De Cock van terzijde aan.
'Hebt u wel eens,' vroeg hij verrassend, 'in een vooroorlogse Ford gereden?'

De Cock lachte.
'Langgeleden.'
Verbruggen ging hem voor.
'Dan zal ik u dat genoegen nog eens laten beleven.'
Ze stapten in een goed onderhouden Ford V8.
Verbruggen, aan het stuur, blikte opzij.
'Maakt u al vorderingen met uw onderzoek?'
De Cock schudde zijn hoofd.
'Mij besluipt al enige tijd de treurige gedachte dat dit mijn eerste zaak wordt die ik niet tot een oplossing heb kunnen brengen.'
Verbruggen glimlachte.
'Niet zo somber.'
De Cock spreidde zijn armen.
'Alle mensen die mij iets over de raadselen rond deze affaire kunnen vertellen, zijn dood... vermoord.'
Gerard Verbruggen reageerde niet direct.
'Ik zal u,' sprak hij na een poosje op ernstige toon, 'op korte termijn de raadselen rond de dood van mijn vriend Peter Karstens zichtbaar maken.'
De Cock trok zijn neus iets op.
'Zichtbaar maken?'
Gerard Verbruggen knikte.
'Ik zal ze helder voor u oplossen.'
De Cock grijnsde meesmuilend.
'U?'
'Ja.'
'Heeft Peter Karstens u in vertrouwen genomen? Heeft hij u uitgelegd...'
De Cock maakte zijn zin niet af.
Verbruggen schudde zijn hoofd.
'Niets. Peter Karstens heeft mij niets verteld. Ik weet alleen dat hij zich bedreigd voelde. Over de oorzaak daarvan... over de richting waaruit die bedreiging kwam, heeft hij nooit iets losgelaten.'
De Cock grinnikte vreugdeloos.
'Toch zult u mij de vele raadselen rond zijn dood zichtbaar maken?'

'Ja... ik.'
De Cock schudde zijn hoofd vol ongeloof.
'U... eh, u lijkt mij een betrouwbaar man. U kunt uw toezeggingen waarmaken?'
'Absoluut.'
'U vertelt geen sprookjes?'
Gerard Verbruggen schudde zijn hoofd.
'Geen sprookjes.'
'Hoe dan?' vroeg De Cock, waarbij hij een radeloos gebaar maakte.
Verbruggen richtte al zijn aandacht op het verkeer.
'Wacht rustig af.'

De Cock keek toe hoe Vledder met hangende schouders de grote recherchekamer binnenkwam en zich met een plof op de stoel achter zijn bureau liet zakken. Hij monsterde het gezicht van zijn jonge collega.
'Ik zal je maar niet vragen hoe de sectie was.'
Vledder schudde zijn hoofd.
'Dat kun je wel aan mij zien,' sprak hij moedeloos. 'Ik ben het zat. Spuugzat. Allemaal kerels met schotwonden in hun borst. Eerst Peter Karstens, toen Matthijs van Slooten, daarna Alfred van der Broek en morgenmiddag buigen dokter Rustenbos en ik ons over het lijk van Justus van Rijsbergen. Weet je, daar zakt mijn broek van af.'
'Daar kan ik mij iets bij voorstellen,' sprak De Cock bedaard. Hij glimlachte.
'Ik beloof je, als in deze zaak nog een dode valt, ga ik voor jou de sectie bijwonen.'
Vledder lachte.
'Ik zou bijna hopen,' sprak hij gnuivend, 'dat er nog een slachtoffer kwam.'
De Cock reageerde niet.
'Is Adelheid* vandaag vrij?'

* Adelheid van Buuren, ook in dienst bij de Amsterdamse recherche, vriendin van Vledder.

'De hele dag,' zei Vledder en zijn gezicht lichtte op.
'Ga straks op tijd naar huis, drink gezellig samen met haar een wijntje en ga vroeg naar bed.'
Vledder keek naar de oude speurder op.
'Wat doe jij?'
'Nadenken.'
'Waarover?
'Wat Gerard Verbruggen mij heeft gezegd.'
Vledder trok zijn wenkbrauwen samen.
'Die lijstenmaker?'
De Cock knikte.
'Maria van Overloon bracht met een volgauto Hannes van der Laar naar huis en ik...'
Vledder onderbrak hem.
'Was Hannes van der Laar ook bij de begrafenis?' vroeg hij gespannen.
De Cock knikte opnieuw.
'Op uitnodiging van Maria van Overloon. Ze stelde prijs op zijn aanwezigheid.'
Vledder keek hooglijk verbaasd.
'Kent ze Hannes van der Laar?'
'Ja.'
'Hoe?'
'Hannes van der Laar,' legde De Cock geduldig uit, 'kende Maria als het vriendinnetje van Peter Karstens. Hij heeft haar na de moord op de Noordermarkt ontmoet. Van der Laar is toen op haar toe gestapt en heeft haar gecondoleerd met het verlies van haar man. En om je volledig in te lichten... dat was kort na zijn bezoek aan Hans Rijpkema bij de Herkenningsdienst.'
Vledder keek de oude rechercheur met grote ogen aan.
'En Hannes van der Laar heeft Maria van Overloon na dat condoleren alles verteld... over zijn waarnemingen, en de man die hij van de foto's heeft herkend?'
'Ja.'
Vledder greep met zijn handen naar zijn hoofd.
'Allemachtig. Ze wist dus op dat moment al wie haar Peter had vermoord?'

‘Maar of ze ook zijn adres kende,’ antwoordde De Cock, ‘daar ben ik nog niet achter. Een blik in het telefoonboek zou haar niets hebben opgeleverd. Matthijs van Slooten had geen telefoonaansluiting.’

Vledder maakte aanstalten om uit zijn stoel op te staan.

‘Zullen we haar toch maar ophalen?’

De Cock schudde zijn hoofd.

‘Als Maria van Overloon geen andere informatie had dan wat Hannes van der Laar haar vertelde, dan kan zij Matthijs van Slooten onmogelijk hebben vermoord.’

Vledder keek hem geschrokken aan.

‘Waarom niet?’

De Cock zuchtte diep.

‘Je vergeet één ding: Matthijs van Slooten was om halfzes al dood. Toen vond zijn vriendin, Barbara van Tollebeek, hem met kogelgaten in zijn borst. En dat was enige uren voordat wij met Hannes van der Laar naar de Herkenningsdienst reden, dus ook enige uren voordat Maria van Overloon haar informatie kreeg.’

Vledder ging weer zitten. Zijn gezicht zag grauw.

‘Jammer. Ik had even een sprankje hoop.’

14

De Cock had moeie voeten.
Het was er ineens, onaangekondigd. Het was als een donderslag bij heldere hemel. Hij leunde achterover en legde zijn voeten op een hoek van zijn bureau. Met een van pijn vertrokken gezicht bevoelde hij zijn kuiten. Het was alsof geniepige kleine duiveltjes uit pure boosaardigheid met duizend spelden in zijn kuiten prikten. Hij kende de pijn, die uit de holte van zijn voeten kwam, langs zijn hielen omhoogtrok en zich vastzette in zijn kuiten. Hij wist ook wat die pijn betekende. Telkens als een zaak slecht verliep, als zijn onderzoek dreigde te verzanden en als hij het machteloze gevoel had volkomen in het duister te tasten, gaven die helse duiveltjes acte de présence.
Vledder keek hem bezorgd aan.
'Is het weer zover?'
De Cock knikte en sloot zijn ogen. Enkele minuten bleef hij zo zitten, bewegingloos en geconcentreerd. Zijn markante gezicht leek een stalen masker. Om de pijn te verdrijven zette hij zijn tanden in zijn onderlip.
'Het gaat wel weer over,' sprak hij mat. 'De pijn is nog wel te verdragen, maar de wetenschap dat wij na vier moorden en dagen van intensief speuren nog geen stap verder zijn gekomen met ons onderzoek, bezorgt mij een angstig voorgevoel.'
Vledder keek zijn oudere collega met een blik vol ongeloof aan.
'Jij denkt dat wij er niet uitkomen en dat wij de dader nooit zullen vatten?'
'Dat kan toch?' reageerde De Cock kalm. 'Hoeveel moorden blijven niet onopgelost?'
Vledder schudde resoluut zijn hoofd.
'Niet bij ons,' sprak hij ferm. 'Wij zijn er samen nog altijd uitgekomen.'
Op het gezicht van De Cock brak een glimlach door.
'Misschien is het bijgeloof.'

'Wat?'
'Dat mijn moeie voeten iets met de stand van ons onderzoek te maken hebben.'
Vledder lachte bevrijd.
'Vast.'
De Cock streek nog eens over zijn kuiten.
'Hoe laat moet jij op Westgaarde zijn?'
Vledder trok een verveeld gezicht.
'Dokter Rusteloos, onze grote kleine patholoog-anatoom, verwacht mij om twee uur, sectie op het lijk van Justus van Rijsbergen.' Hij blikte steels naar De Cock. 'Voorlopig het laatste slachtoffer?'
De oude rechercheur reageerde niet. Hij tilde omzichtig zijn benen van zijn bureau. De pijn in zijn kuiten trok langzaam weg. Hij wees naar Vledder.
'Rij op weg naar Westgaarde eerst even naar het atelier van Peter Karstens en zet mij daarna bij het hoofdbureau af. Ik leen daar wel een wagen.'
Vledder keek hem verwonderd aan.
'Waar wil je heen?'
'Naar Blaricum. Ik ga Paul van Eldersloo zijn schilderij brengen. De Renoir die hij bij Peter Karstens had besteld. Ik heb vanmorgen naar het veilinghuis Brilliance of Art aan de Lijnbaansgracht gebeld. Ik kreeg Jan van Oldehove aan de lijn. Hij vertelde mij dat hij sinds de dood van Alfred van der Broek en Justus van Rijsbergen de feitelijke leiding over het veilinghuis op zich heeft gekregen. Directeur Van Eldersloo is, volgens zijn mededeling, al meer dan een week niet op zijn kantoor verschenen. De directeur heeft zich ziek gemeld. Volgens zijn arts is het niet te verwachten dat hij spoedig in het bedrijf terug zal keren.'
Vledder grijnsde.
'Je gaat op ziekenbezoek?'
De Cock plooide zijn lippen in een tuitje.
'Zo zou je het kunnen noemen. Ik zal hem beterschap wensen en hem vragen hoe hij dacht zijn bedrijf voort te zetten nu hem twee prominente medewerkers zijn ontvallen.'

Vledder snoof misprijzend.
'Dat is alles?'
De Cock schudde zijn hoofd.
'Ik zal hem, in ruil voor de prompte levering van zijn Renoir, vragen om zijn medewerking bij de ontmaskering van de moordenaar.'
'Hoe?'
'Door als lokaas te dienen.'

De Cock voelde zich nerveus en tot het uiterste gespannen. Het kogelvrije vest dat hij droeg, knelde hem. Hij droeg zo'n vest niet graag.
In zijn ontmaskeringsplan, zo besefte hij, zaten tal van risico's. Gezien de gezondheidstoestand van Paul van Eldersloo, die zijn woning liever niet wilde verlaten, had hij als locatie uiteindelijk toch de kapitale villa van de directeur aan de Blaricumse Schapendrift gekozen.
Het huis was omringd door een omvangrijke tuin met veel rododendrons. Die struiken omzoomden ook de beide zijden van de brede oprijlaan.
De Cock had zich weer van de hulp verzekerd van zijn twee trouwe vrienden en collega-rechercheurs Appie Keizer en Fred Prins. Vooral Fred Prins, wist hij, was een prima schutter. Hij had beiden uitgerust met van het hoofdbureau geleende professionele handscanners en hen tevens gedwongen om kogelvrije vesten te dragen. Ook Vledder droeg zo'n vest.
De moeilijkheid was de beveiliging van Paul van Eldersloo. Hij droeg wel een kogelvrij vest, maar voor alle zekerheid had De Cock onder dat vest nog een zware stalen plaat laten aanbrengen. De man kon zich amper nog bewegen.
Uitgaande van de recente moorden was de oude rechercheur ervan overtuigd dat de dader gewoon aan de villadeur zou aanbellen in de overtuiging direct na het bellen toegelaten te worden.
Dat was tevens de zwakke schakel. Paul van Eldersloo woonde alleen in het grote huis. Hij zou dus zelf de deur voor de moordenaar moeten openen. Volgens de modus operandi van de dader vuurde die drie kogels snel achter elkaar, gericht op het hart

van het slachtoffer. De vraag die De Cock kwelde, was: wat zou de dader doen op het moment dat hij of zij besefte dat de kogels geen doel hadden getroffen? Hoe lang duurde de verbijstering van de dader voordat hij of zij tot verdere actie overging? En was dat tijdsbestek groot genoeg voor hem en Vledder om in te grijpen?
Na ampele overwegingen besloot De Cock om zijn oorspronkelijke plan te wijzigen en Paul van Eldersloo op het bellen niet te laten reageren.
Hij gaf Appie Keizer en Fred Prins de opdracht om de persoon die op het afgesproken tijdstip aan de deur verscheen, onmiddellijk te arresteren. De bewijsvoering werd dan wat moeilijker, maar hij wilde het leven van Paul van Eldersloo niet in gevaar brengen.
De oude rechercheur blikte op zijn horloge. Het was vijf minuten voor tien. Het moest nu gauw gebeuren. De afspraak was om tien uur.
De minuten vergleden langzaam. Het leek soms of de tijd even stilstond. Toen de grote staande klok in de hal van de villa tien uur sloeg, wachtten De Cock en Vledder gespannen op het rinkelen van de bel.
Dat gebeurde niet.
Er werd helemaal niet gebeld en om elf uur blies De Cock de operatie af.

Toen De Cock de volgende morgen, gewoontegetrouw, een halfuur te laat de grote recherchekamer binnenstapte, trof hij Vledder achter zijn computer. Zijn rappe vingers dansten over de toetsen.
De Cock liet zich in de stoel achter zijn bureau zakken. Vledder ging nog even door. Daarna liet hij zijn vingers rusten en keek op.
'Je was na afloop niet te genieten. Een gezicht van oude lappen. Daarom heb ik maar niets gevraagd. Wat ging er gisteravond fout?'
De Cock trok zijn schouders op.
'Geen flauw idee,' verzuchtte hij. 'Ik heb deze truc al een paar maal toegepast... steeds met succes.'

'Welke truc? Zover ik je ken is jouw trukendoos onuitputtelijk.'
De Cock ademde diep.
'Ik had Paul van Eldersloo een brief laten schrijven waarin hij openbaarde dat hij wist waarom Van der Broek en Van Rijsbergen waren vermoord. Hij eiste het geld terug dat aan Peter Karstens was verstrekt voor de reeks schilderijen die de kunstschilder door zijn dood niet kon leveren. Wanneer ze dat niet deed zou hij zijn wetenschap aan mij, rechercheur De Cock, doorspelen.'
Vledder schoot met een ruk naar voren.
'Dat heb ik toch goed gehoord... je zei "ze"... wanneer "ze" het niet deed? Wie is "ze"?'
De Cock antwoordde niet direct. Hij gleed met de pink van zijn linkerhand over de rug van zijn neus. Het was een gebaar om tijdwinst.
Vledder drong aan.
'Wie is "ze"?'
De Cock liet zijn hoofd zakken.
'Maria... Maria van Overloon.'
'Jij denkt dat zij die moorden heeft gepleegd?'
'Ja.'
Vledder grinnikte vreugdeloos.
'Waarom arresteren wij haar niet?'
De Cock zuchtte opnieuw.
'Als Maria van Overloon stug blijft ontkennen, hebben we niets. Als ze gisteravond was verschenen op basis van de brief die ik Paul van Eldersloo had gedicteerd... met moordplannen in haar hoofd... een geladen revolver in haar tasje...'
De oude rechercheur maakte zijn zin niet af. Er werd luid op de deur van de grote recherchekamer geklopt en Vledder riep: 'Binnen!'
Het klonk onvriendelijk.
Met een in wit linnen gewikkeld schilderij onder zijn arm geklemd kwam een man met grijs haar de grote recherchekamer in. Hij stapte op De Cock toe en overhandigde hem het schilderij.

‘Ik hoop dat mijn werk u bevalt,’ sprak hij vriendelijk.
De Cock nam het linnen weg en straalde.
‘Prachtig,’ riep hij, ‘prachtig! Een schitterende klassieke lijst... een sieraad voor mijn huiskamer.’
Gerard Verbruggen glimlachte. Hij wees naar de stoel naast het bureau van De Cock.
‘Mag ik daar even gaan zitten?’
De Cock knikte nadrukkelijk. Hij legde het schilderij met een liefdevol gebaar voor zich op zijn bureau en nam zelf ook plaats.
Gerard Verbruggen boog zich iets naar voren.
‘Ik kom ook mijn belofte na,’ sprak hij plechtig.
De Cock trok zijn wenkbrauwen samen.
‘Belofte?’
Gerard Verbruggen knikte.
‘Het zichtbaar maken van de raadselen die u kwellen.’

15

De Cock had Appie Keizer en Fred Prins bij hem thuis uitgenodigd voor het bijwonen van het 'slotakkoord', zoals hij dat noemde. De oude rechercheur was van mening dat zijn mislukte actie in Blaricum wel enige uitleg verdiende.
Fred Prins en Appie Keizer hadden onmiddellijk, dezelfde avond reeds, te kennen gegeven dat ze wel eens wilden weten voor wat voor een affaire zij waren ingeschakeld en waarom ze naar Blaricum waren gereisd.
De oude rechercheur was op dat moment echter zo teleurgesteld over het falen van zijn missie, dat hij niet tot een uitleg had kunnen komen.
Terwijl Appie Keizer in kleurrijke bewoordingen aan mevrouw De Cock en Fred Prins verhaalde hoe hij op het Stationsplein en in de binnenstad van Amsterdam vele Zuid-Amerikaanse zakkenrollers had verschalkt, dreunde in de gang de ding-dong nog even na.
De Cock liep naar de voordeur. Op de stoep stonden Dick Vledder en zijn vriendin, de mooie Adelheid van Buuren.
De jonge rechercheur glimlachte.
'Ik heb haar maar meegenomen. Adelheid wilde alles weten over de vreemde zaak waarin wij na de moord op Peter Karstens verzeild waren geraakt.'
Adelheid knikte instemmend.
'Ik heb Dick nog nooit zo nerveus gezien als de laatste tijd, zo weifelend en gespannen. Die aanhoudende moorden zaten hem dwars. Hij was echt bang dat jullie het dit keer niet zouden klaren.'
De Cock schonk haar een trieste glimlach.
'Naar mijn mening hebben we het ook niet geklaard.'
Hij stapte opzij en liet het tweetal binnen.
Vledder keek hem tijdens het voorbijgaan even aan.
'Zijn de anderen er al?'

De Cock deed de voordeur achter hen dicht.
'Ze vertellen mijn vrouw mooie verhalen over hun successen als rechercheur.'
Vledder gniffelde.
'Ik ken dat. Zet twee rechercheurs bij elkaar en je hebt stof voor een roman.'
De Cock ging hen voor naar de gezellige woonkamer. Vledder toverde van achter zijn rug een prachtig boeket rode rozen tevoorschijn.
Hij wees naar Adelheid.
'Die traditie zetten wij samen voort.'
Met kreten van verrukking nam mevrouw De Cock de rozen in ontvangst. Ze gebaarde naar twee diepe lederen fauteuils.
'Ga zitten. Het wachten was op jullie.'
De Cock pakte een fles fijne cognac Napoleon, die hij voor speciale gelegenheden bewaarde, en vulde de bodem van diepbolle glazen. Hij reikte die zijn gasten aan.
'Een toast,' sprak hij vrolijk lachend, 'op de volharding en de moed om een zaak nooit op te geven.' Zijn gezicht versomberde. 'Ik had ook willen toasten op mijn vermoorde vriend Peter Karstens. Mijn vriendschap voor hem is gebleven, over de dood heen, maar hij heeft mij op een verschrikkelijke manier in de luren gelegd. Mij volkomen om de tuin geleid.
Ik kende zijn opvattingen. Ik wist dat hij geen enkel begrip, geen geloof had in onze Nederlandse rechtspleging. Hij miste daarin de begrippen genoegdoening en gerechtigheid. Die wetenschap had mij waakzamer moeten maken. Waakzamer dan ik was.'
Fred Prins boog zich iets voorover.
'Wat deden wij in Blaricum?'
De Cock glimlachte.
'Niets. De vrouw die ik verwachtte om de heer Van Eldersloo te doden, kwam niet. Gisteravond begreep ik daar niets van. Ik weet nu waarom ze niet verscheen.'
De oude rechercheur kwam uit zijn fauteuil overeind, liep naar een wand van zijn kamer en tilde van een haak een fraaie Monet in een kapitale lijst. Hij liep ermee terug naar zijn fauteuil,

ging zitten en zette het schilderij op zijn knieën met de achterkant van het schilderij naar de anderen toe.
'Dit schilderij,' verduidelijkte hij, 'nog zonder lijst, kreeg ik van Peter Karstens op de avond dat hij werd vermoord. Ik zette het in mijn slaapkamer neer en keek er niet meer naar om tot de vrouw die ik gisteravond verwachtte, mij aanraadde om het schilderij door ene Gerard Verbruggen te laten inlijsten.'
Fred Prins stak zijn hand op.
'Wie is die vrouw?'
'Maria van Overloon, jarenlang de beeldschone vriendin van Peter Karstens.'
'Pleegde zij de moorden?'
'Inderdaad.'
'Heb je haar al gearresteerd?'
De Cock schudde zijn hoofd.
'Ze is er niet meer. Verdwenen... voorgoed. Met genoeg geld, een vervalst paspoort, een andere identiteit op weg naar ergens in het buitenland, een plastisch chirurg voor een kleine cosmetische ingreep om eventuele herkenningen in de toekomst onmogelijk te maken.'
'Allemachtig.'
De Cock zuchtte.
'Zo heb ik dat ook ervaren. Vledder en ik zijn in haar appartement geweest op het Prinseneiland. Daar hing van haar één outfit. Verder was alles weg.'
'Hoe weet je dit alles?' vroeg Appie Keizer met een breed armgebaar.
De Cock glimlachte.
'Als Fred Prins mij niet had onderbroken, dan had ik jullie van dit schilderij verteld. Je ziet hier de achterkant van een raamwerk waarop het beschilderde doek is gespannen. Peter Karstens had eerst een blanco doek op het raamwerk gespannen. Daarop had hij enige fijn beschreven blocnotevellen gelegd. Daaroverheen had hij een tweede doek gespannen, waarop hij uiteindelijk de verrukkelijke Monet schilderde die hij mij op de avond van zijn dood als geschenk overhandigde.'
Vledder grinnikte.

‘Het is nauwelijks te geloven. Wij hebben de oplossing van die hele affaire al die tijd al in ons bezit gehad. Het is een soort practical joke, die Peter Karstens met ons heeft uitgehaald.’
De Cock schudde zijn hoofd.
‘Ik kan de grap er niet van inzien.’
Hij draaide het doek om en hield het iets omhoog.
‘Maria van Overloon,’ ging hij verder, ‘kende het geheim van dit schilderij. Ze nam een vriend van Peter, de lijstenmaker Gerard Verbruggen, in vertrouwen. Die Verbruggen bracht ons vanmorgen het ingelijste schilderij en gaf mij de dicht beschreven velletjes papier. Hij liet mij ook het blanco doek zien, dat hij had verwijderd.’
Appie Keizer trok een grijns.
‘En daar stond alles op.’
De Cock knikte. Hij hing het schilderij weer op zijn plek, nam uit een lade van het dressoir enige velletjes blocnotepapier en ging weer zitten.
‘Ik zal jullie niet alles voorlezen wat er op die velletjes staat. Ik zal mij houden aan de punten die van essentieel belang zijn. Peter Karstens voorzag vorig jaar al dat hij problemen zou krijgen met het veilinghuis Brilliance of Art aan de Lijnbaansgracht. In het bijzonder met de heren Van der Broek en Van Rijsbergen, met wie hij zaken deed. Directeur Paul van Eldersloo bemoeide zich nauwelijks nog met het bedrijf.
Als voorbereiding kocht Peter Karstens in België voor zijn mooie Maria de mooiste en interessantste revolver ooit gemaakt, de Nagant, kaliber 7.62 mm. En hij liet haar schietlessen nemen. Ze oefenden ook samen in de duinen bij Schoorl. Ze stelden zich ten doel om kort achter elkaar drie schoten te lossen met drie treffers in een kleine cirkel met een diameter van zeven centimeter.’
Fred Prins floot tussen zijn tanden.
‘Dat lukt mij maar zelden.’
De Cock negeerde de opmerking.
‘Ook huurde hij voor Maria een appartement op het Prinseneiland. Hij wilde niet dat ze op de Noordermarkt verbleef.’
Vledder knikte.

'De gevarenzone.'
De Cock spreidde zijn handen.
'Peter Karstens trof alle voorbereidingen voor een wraakoefening in het geval hem iets zou overkomen. Hij bezorgde Maria de financiële middelen, een andere identiteit en in het buitenland een plastisch chirurg met de nodige faam. En voor zijn eigen bewaking kocht hij een hond, een prachtige leonberger.'
Fred Prins kwam iets geprikkeld even uit zijn fauteuil omhoog.
'Maar waarom? Waarom dat gedoe? Waarom voelde die Peter Karstens zich zo bedreigd?'
De Cock glimlachte.
'Begrijpelijk dat je zo reageert, Fred. Peter Karstens maakte voortreffelijke vervalsingen... zelf noemde hij het duplicaten... van algemeen erkende kunstwerken. Wanneer zo'n kunstwerk aan het veilinghuis Brilliance of Art werd aangeboden, kreeg Peter Karstens van het veilinghuis de opdracht een duplicaat te maken. Op een dag herkende Peter Karstens, thuis bij een kunstminnaar een door hem geschilderd duplicaat van een schilderij van Marc Chagall. De kunstminnaar had dat schilderij bij het veilinghuis Brilliance of Art als een echt en erkend kunstwerk gekocht. Toen Peter verder op onderzoek ging, bleek dat het veilinghuis het werkelijke kunstwerk van Chagall had doorverkocht aan een schatrijke Amerikaan. Dat was, zo doorzag Peter Karstens, met al zijn duplicaten gebeurd.'
Appie Keizer gromde.
'Smeerlapperij.'
De Cock knikte.
'Peter stelde de heren Van der Broek en Van Rijsbergen verantwoordelijk. Hij eiste van hen de helft van de opbrengsten, die de zwendel had opgeleverd. Zo niet, dan zou hij de praktijken van het veilinghuis openbaar maken.'
Fred Prins knikte begrijpend.
'Dat,' sprak hij somber, 'werd zijn doodvonnis.'
De Cock nam even een slok van zijn cognac.
'Toen Maria van Overloon vernam dat haar Peter was vermoord, ging ze onmiddellijk aan de slag. Mij is niet duidelijk

geworden hoe Maria van Overloon wist wie Justus van Rijsbergen als moordenaar had ingehuurd. In de velletjes van Peter Karstens wordt voor de wraakoefening alleen over Van der Broek en Van Rijsbergen gesproken. Ik vermoed dat Maria Matthijs van Slooten, de huurmoordenaar, al in de omgeving van de Noordermarkt heeft opgemerkt. Ze kwam daar toch nog regelmatig. Ik denk dat ze bij het veilinghuis heeft gepost tot hij daar opdook. Ze zal daaruit haar conclusies hebben getrokken en hem hebben gevolgd toen hij het veilinghuis weer verliet.'
Fred Prins boog zich naar voren.
'Schoot ze ook hem dood?'
De Cock knikte.
'Ook Matthijs van Slooten werd haar slachtoffer.'
De oude rechercheur streek met zijn vlakke hand over zijn brede gezicht. De lange uiteenzetting had hem wat vermoeid. Hij schonk nog eens in en liet zich daarna in zijn fauteuil terugvallen.
Mevrouw De Cock verdween naar de keuken en kwam terug met schalen vol lekkernijen.
De onderlinge gesprekken werden al spoedig wat algemener. De gedachte aan de mooie moordende Maria van Overloon gleed naar de achtergrond.
Het was al vrij laat in de avond toen alle bezoekers waren vertrokken.
Mevrouw De Cock pakte een poef, schoof die naast de fauteuil van haar man en ging erop zitten.
'Een rancuneuze vrouw die... eh, die Maria van Overloon.'
De Cock maakte een berustend gebaar.
'Maria stond volkomen onder de invloed van Peter Karstens, een man die ze adoreerde. Toch toonde ze ook zelfstandigheid en karakter.'
'Hoe?'
De Cock glimlachte.
'Hoewel Peter Karstens in God noch gebod geloofde, arrangeerde Maria op Zorgvlied voor hem toch een uitvaartdienst in de aula.'
'Doe je nog wat aan die zaak?'

'Ik heb een algemeen opsporingsverzoek doen uitgaan, ook naar het buitenland. Maar ik verwacht niet dat het resultaten zal opleveren.'
'Maria van Overloon begint dus ergens een nieuw leven.'
De Cock knikte.
'En ik denk dat ze daarin zal slagen.'
Mevrouw De Cock schoof haar poef nog iets dichterbij.
'Ze hebben het vanavond niet gevraagd,' sprak ze liefjes, 'maar welke outfit van haar vonden jij en Vledder in haar appartement?'
'Een nauwsluitend zwart mantelpakje en een daarbijbehorend hoedje.'
'Haar rouwkleding.'
De Cock knikte.
'Die liet ze achter.'

De volgende boeken van Baantjer zijn bij De Fontein verschenen:

1	1963	De Cock en een strop voor Bobby
2	1965	De Cock en de wurger op zondag
3	1965	De Cock en het lijk in de kerstnacht
4	1967	De Cock en de moord op Anna Bentveld
5	1967	De Cock en het sombere naakt
6	1968	De Cock en de dode harlekijn
7	1969	De Cock en de treurende kater
8	1970	De Cock en de ontgoochelde dode
9	1971	De Cock en de zorgvuldige moordenaar
10	1972	De Cock en de romance in moord
11	1972	De Cock en de stervende wandelaar
12	1973	De Cock en het lijk aan de kerkmuur
13	1974	De Cock en de dansende dood
14	1978	De Cock en de naakte juffer
15	1979	De Cock en de broeders van de zachte dood
16	1980	De Cock en het dodelijk akkoord
17	1981	De Cock en de moord in seance
18	1982	De Cock en de moord in extase
19	1982	De Cock en de smekende dood
20	1983	De Cock en de ganzen van de dood
21	1983	De Cock en de moord op melodie
22	1984	De Cock en de dood van een clown
23	1984	De Cock en een variant op moord
24	1985	De Cock en moord op termijn
25	1985	De Cock en moord op de Bloedberg
26	1986	De Cock en de dode minnaars
27	1987	De Cock en het masker van de dood
28	1987	De Cock en het lijk op retour
29	1988	De Cock en moord in brons
30	1988	De Cock en een dodelijke dreiging
31	1989	De Cock en moord eerste klasse
32	1989	De Cock en de bloedwraak
33	1990	De Cock en moord à la carte
34	1990	De Cock en moord in beeld
35	1991	De Cock en danse macabre
36	1992	De Cock en een duivels komplot
37	1991	De Cock en de ontluisterende dood
38	1992	De Cock en het duel in de nacht
39	1993	De Cock en de dood van een profeet
40	1993	De Cock en kogels voor een bruid
41	1994	De Cock en de dode meesters
42	1994	De Cock en de sluimerende dood
43	1995	De Cock en 't wassend kwaad
44	1995	De Cock en het roodzijden nachthemd
45	1996	De Cock en moord bij maanlicht
46	1996	De Cock en de geur van rottend hout
47	1997	De Cock en een dodelijk rendez-vous
48	1997	De Cock en tranen aan de Leie
49	1998	De Cock en het lijk op drift
50	1998	De Cock en de onsterfelijke dood
51	1999	De Cock en de dood in antiek
52	1999	De Cock en een deal met de duivel
53	2000	De Cock en dood door hamerslag
54	2000	De Cock en de dwaze maagden
55	2001	De Cock en de dode tempeliers
56	2001	De Cock en de blijde Bacchus
57	2002	De Cock en moord op bestelling
58	2002	De Cock en de dood van de Helende Meesters
59	2003	De Cock en moord in reclame
60	2003	De Cock en geen excuus voor moord
61	2004	De Cock en de gebrandmerkte doden
62	2004	De Cock en een veld papavers
63	2005	De Cock en de broeders van de haat
64	2005	De Cock en de dood van een kunstenaar